屋根の上のモダンガール

滞空女《たいくうじょ》

パク・ソリョン

萩原恵美［訳］

三一書房

체공녀 강주룡 (Kang Juryong, the Girl in the Air)
by 박서련

＊本作品は、史実を踏まえて創作されたフィクションです。
＊本書出版にあたって、韓国文学翻訳院の助成を受けました。

滞空女《たいくうじょ》

屋根の上のモダンガール

パク・ソリョン 著
萩原 恵美 訳

もくじ

病

久しく飢《かつ》えている。

噛んで柔らかくしたものが喉を通っていく感覚がどんなだったのか、思い出せなくなった。唾だけはまだ出るが、飲み込めず、唇の両端に溜まるばかりだ。喉がささくれて無理に空唾《からつば》を飲み込もうとするたびに引っかかり擦れる。周龍《ジュリョン》は木を思い浮かべる。手を入れて触ることができるならば、まず食道を通るとき死んだ木の狭い洞《うろ》を無理やり押し広げて分け入るような痛みを感じるだろうし、内臓はどれも手に触れるなり朽ちた葉のごとく脆く砕けるだろう。そのまま尻の穴まで押し入れて抜けたら、肩を押し込み、頭も、もう片方の腕も入れれば……腹は満たされよう。あたしは裏返しになるだろう。そんな想像をする周龍の顔に淡い笑みが兆す。あたしを呑みこんで裏返しになったあたしは、また腹が空くだろう。斜めに横たわったまま周龍は誰かの腹の中に入りでもしたかのように両膝をぎゅっと抱きしめる。眠りたいが、眠りのほかに味わいうるものはないが、久しく飢えているゆえ眠りに就くことができない。頭に血が巡らぬため、すでに眠りの内外《うちそと》の境界がぼやけている。目を閉じたまま鮮明な鼓動を感じながら自分を忘れつつあるのだ。その感覚こそ、この息がなお絶えずにいる証拠だと知っている。ときおり耳元を掠める声がある。姜女《カンニョ》や、姜女や、と呼ぶ。飢えの激しさゆえに聞こえる空耳だが、飢えのため答えられない。鳴り止まぬ蟬の声……蟬の声……耳を劈《つんざ》かんばかりの蟬の声。あれは夢なのか現《うつつ》なのか判然としない。今は夏なのか。周龍は霞む目をぎゅっと瞑《つむ》る。蟬の声が頭を打ち、瞼の内側に光の模様を描く。光は葉脈のごとく広がったり一瞬にして縮こまったりを繰り返すが、一度たりとも同じ模様のことはない。

足音がやってくる。

足音を聞くと周龍はすぐに身を起こそうとしたものだ。背筋をしゃんと伸ばして足音を迎えることこそ、飢えし者の取りうるもっともささやかな、もっとも終いまで残された抵抗の姿勢だと思った。今日ばかりはそれができそうにないと、周龍は寝返りを打って考える。できそうにないと決めたのは誰。できない、ではなく、できそうにない、というのは誰。姜女や、姜女や。周龍はわななく腕で床面を押す。押される床面が眩むように目に留まる。ちっとも動かない両の足を体のほうに引き寄せるとき、喉からある音が湧き溢れるように漏れてくる。けだものみたい。周龍は他人事《ひとごと》のようについ今しがた自分の出した音を振り返る。けだものといっても野生のではなく、家で飼っていた兎を絞めるたびにこんな音を聞きはしなかったか。

足音は現れずにしばし停まる。姜女の頭が虚空に弧を描く。

第一部

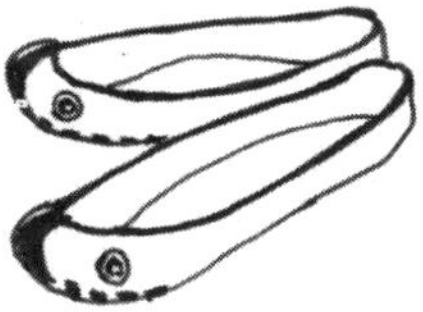

間島《カンド》[1]

1

通化《トンファ》県[2]でいちばんきれいなのはなあに。

すぐに思いついたのは兎の仔。

胞衣《えな》から出たばかりの兎の仔は醜くてしわくちゃだけど、毛が乾いてふわふわしてくると天下に並ぶものがないほど可愛くなる。白いのは赤い目が宝石みたいできれいだし、黒いのや斑《ぶち》のは真っ黒な目が人間みたいで可愛い。茶色いのはどれも見た目が似たり寄ったりで取り立ててどれがいいってのは難しいな。だけど兎って小っちゃいときだけ愛くるしいんじゃなくて、すっかり育ってからは肉も毛皮もたっぷり取れる有難い生き物。兎みたいに有難く可愛い生き物は他におらん。兎の毛皮がなけりゃ西間島《ソガンド》の厳しい冬はとても越せん。何より果報なのは、瞬《まばた》きする間もなく稚《やや》を産むこと。この世に兎を飼って飢え死にした人がいるかい。兎の餌の草を刈りに行くとき、手間だなんて考えたこともないしね。そういやじき冬だから、そろそろ兎を絞めなくちゃね。

そうじゃなくて、果報じゃなくてきれいなのはなあに。

きれいだからきれいって言ったさ、果報だからきれいって言ったんじゃないよ。

周龍《ジュリョン》の答えに母はふっと笑った。

兎よりきれいなのは通化県に他にないの。

母ちゃんの手がきれい。

周龍は鏡を見ながら答える。周龍の髪をかいがいしく手入れする母の手が鏡にちらつく。

この子ったら。どこがきれいだ。兎どころか兎の足よりも醜かろうが。

ううん、きれいだ。母ちゃんの手よりきれいな手はこの世で見たことない。

周龍の髪に椿油を塗る母の手は、言うほどきれいではない。油を塗っていても節くれやら皸《あかぎれ》やらが髪にちくちくささくれ立つのを周龍も感じる。

母ちゃんはきれいなものを見ると涙が出ませんか。

何言ってんの、しらばっくれて。

母は周龍の頭に髪飾りを留めて髷《まげ》を結い、ふたたび尋ねる。

通化県でいちばんきれいなのが何だか、おまえ、まだわからんの。

あれでもない、これでもないなら、どうしてわかる。あたしなりに言ってることはみんな合ってるのに、母ちゃんったら違うって言うばっかり。母ちゃんも知らないんだろ。

母はしばらく答えない。髪を扱う母の手があたたかくて周龍はだんだん眠くなる。頭を揺らそうものなら母がぐっと摑んでまっすぐ立て直すから、気持ちよくまどろむこともままならぬが、瞼が垂れてしかたない。

姜女《カンニョ》や、目をお開け。

母が鏡を見やすい位置に立てながら呼ぶ。

通化県でいちばんきれいなのがここにおるだろ。あたしの姜女。

周龍は顔を赤らめながらもどうでもいいことのように素っ気なく答える。

それが言いたくて幾度もしつこく訊いたの。

母は黙って髪飾りの上に借り物の飾り帽を載せる。周龍は鏡に映った母を見ながら呟きつづける。

変な言い方。この世でいちばんきれいならきれいだろうけど、通化県でいちばんきれいだからって何の意味がありますか。

母はなお答えない。周龍は恥じらいを覚えてぶつぶつ口ごもる。

そりゃ通化県でいちばんきれいなら西間島でも引けを取らなかろうし、西間島でちょっと名を馳せるなら朝鮮全土でも認められるだろうけど。

飾り帽を着けた娘が鏡の中であれこれ頭を動かして眺める姿に、周龍は目を凝らす。通化県はおろか村でも器量よしとは言い難い顔だ。それでも特に不出来なところはないから、これくらいならじゅうぶんだろう。そう思って周龍はにっこり笑い、母のほうに向きなおって大真面目に言う。

それはそうと、ずっと妻女って呼ぶつもりなの。

妻女は妻女だろ。ならば何と呼ぶね。

今日からあたしも大人の務めをするんだから、母ちゃんがあっちの家族の前で子どもを呼ぶみたいに、おい妻女や、なんて言ったらあたしも母ちゃんも村の笑い物だ。

そのことばに母の目が不意に濡れる。

じゃあ、あたしがうちの妻女を妻女と呼んじゃいかんのか。

母娘はどちらからともなく腕を差し伸べ、ひしと抱きしめ合い声を忍ばせて泣く。慶事の日に女の大泣きする声が響いてはならぬというもの。母の熱い吐息が耳元から襟足にかかり、やがて冷えていく。枝折戸《しおりど》に花婿一行来訪の気配がする。母娘は目を背け合って居住まいを正す。父が戸を開けてひょいと顔を出す。

おい、ちょっと来い。簡素に済まそうと申し入れたのに、駕籠に介添人まで引き連れて騒々しいったらありゃせん。

母はため息をつく。戸の隙間からわずかに覗く庭の風景をなんとかもっと見たくて、周龍は思いきり首を伸ばす。猫の額のような庭とそれに見合った枝折戸の外に見物人が雲のごとく集まっている。

挨拶を済ませたら顔を隠して出て来るんだ。

父は突き放すように言い、かたりと戸を閉めてしまう。母は立ち上がって行き惑い、幾度も周龍を振り返ってはようやく部屋を出る。ひとり残された周龍は思い千々に乱れ、じっとしていられない。このまま世界が停まってしまえばいいとの思いも湧くが、嫁ぎ先の村でこれまでとかけ離れた暮らしをするのはどんなだろうと、ひどく気になりもする。

同年代のうちでも周龍の祝言《しゅうげん》は遅いほうだ。多分に厳しい暮らし向きゆえとわかってはいるが、自分はそれほど不器量なのか、という思いも拭い難かった。どうせこの年まできたのなら、嫁ぐのは止して親きょうだいの面倒を見て暮らそうとも、近ごろは世間様にとやかく言われまいと思ってから、もう二年も経つ。弟はまだようやく数え九つ。自分が嫁いだあとは誰が家事をして誰が弟の世話をするのやら。

縁談は周龍が漠然と考えてきたように密やかに熟してゆくものではなかった。世の習いではそうかもしれないが、新郎の家がいかに急《せ》いていたのか、一月《ひとつき》の間《ま》に斯《か》く相成《あいな》った。新妻になる娘が数え二十歳《はたち》にもなるんじゃ物笑いの種かと気にかけていたが、聞くところ相手はようやく数え一五の子倅《こせがれ》らしい。婚家の側にも何やら曰く因縁あるものだから、意に染まぬ行かず後家でもくっつけて所帯を持たせようとの魂胆と見た。そんな心証を振り払えぬゆえ、周龍としてもこの祝言に気が進まない。行き遅れのお荷物を片付けるがごとくつれなく振る舞う父も嫌だし、婚家から遣いが来るたびに卑屈になってへこへこする母ももどかしい。村の娘がみな一度は袖を通してやっと周龍のところに回ってきた婚礼衣装と飾り帽も、妙にむずむずして脱ぎ捨てたくて堪《たま》らない。

あたしなんか何の力もないから、ただ畑を耕せと言われれば耕すし、嫁に行けと言われれば行くしかないんだ。

表《おもて》が騒がしいのでむしろひとり残された部屋は静謐を感じられ、周龍はあーあ、と声に出すとごろりと仰向けになる。

さあ、もういいよ。戸を開けても構わんか。

母の声だ。周龍は慌てて身を起こそうともがく。婚礼衣装の大きな袖が重くて床に手をつくのも一苦労だ。なんとか身を起こして鏡を見ると、額のまん中に髪が一筋、二十日鼠の尻尾みたいに意地悪く垂れている。咳払いが聞こえる。

わかった。今行くから。

周龍は急いで拱手礼《きょうしゅ》の姿勢を取り、高く捧げた両腕で顔を隠す。戸が開かれて庭の風景が、下半分は組んだ両腕に隠されて目に映る。誰であれ今のこのざまを嘲笑いでもしてみろ。祝言だって何だって蹴とばしてやる。正装した姿を人目に晒すのが何とも気恥ずかしくてそんなふうに思ってみるが、誰ひとり笑う者はいない。介添え役を務める身内などいないため、母が右腕を支えて囁く。

腕はもっと高く上げて。肘と眉毛が揃う高さまで上げるの。

言われるままに腕を上げた隙に周龍は新郎のほうを見る。衣冠束帯でそれらしく装った少年がぴんと背筋を伸ばして婚礼卓の前に立っている。

あらま、一五歳って聞いたけど、あたしと同じくらいだ。

周龍の独り言を聞いて母がそっと腕を抓《つね》る。それで踏み石に降ろそうとしていた周龍の右足が一瞬宙に止まる。母は耳元で小言を並べたてる。

祝言も済まんうちに婿殿をじろじろ見るやつがあるか。

周龍は袖の下で唇を尖らせる。部屋ではいつになく優しかった母が、そんなこと憶えていないとばかりに厳しく咎めるのが切ない。

その前髪は何なの。じっとしてられなかったんだね。

母ちゃんはじき嫁ぐ娘に向かってそんなことしか言えんの。

周龍は新しい履物に足を入れながら不満そうに口答えする。衣装一式はすべて借り物でも履物だけは今日のために新しく贖《あがな》った周龍のものだ。ゆるくもきつくもなく、足にぴたり合うことから、母が選んだものらしい。よろめくように踏み石に降りた周龍の腕を母がさらにしっかり抱え込む。

今はどんなこと言っても名残惜しかろうから……。

祝言で新婦が顔を隠す理由は、のべつ涙が溢れそうになるからに違いない。周龍はそんなことを考えながら腕をさらに高く捧げる。前が見えない周龍の手を引いて婚礼卓の前まで導きながら母はさらに囁く。

元気で暮らすんだよ。わかったね。

母ちゃんも元気でね……。周龍は胸の内でことばを呑み込む。

ついに婚礼卓の前で周龍は新郎と向き合う。それまで袖越しに盗み見る癖がついていたうえに新郎となる相手は周龍より背が高かったので、視線を少し上げると肩や顎の線がわずかに見える。

あたしのほうが五歳《いつつ》も上なのにあたしより上背があるとは、この子がこんなに育つあいだ、あたしったら何してたんだ。

周龍はそんなふうに考えたことが恥ずかしく、可笑しくてくすくすと肩を揺らす。背がこんなに高ければ、どこかでちびの新郎などと嘲笑われることはなかろう。

崔《チェ》といったっけ、名前は全斌《ジョンビン》で。さて、なんと呼ぼう。呼び捨てにしたら舅姑はただじゃおかないだろうし、旦那さま、なんて小っ恥ずかしくて呼べないし。母ちゃんてば、なんであらかじめそういうことを教えてくれなかったんだ、と恨みがましい思いがじわりと頭をもたげる。そういえば母は父のことをどう呼んでいたか。おまえの父ちゃん、というのは思い浮かんだが、じかに呼びかけるときはどう呼んでいたか、まるで思い出せない。母はけっして自分から父を呼ぶことがないのだと、今になって気づくとは何たること。困ったと思う。

周龍の父と、介添人として同行してきた新郎の親戚が、それぞれ盃を満たして周龍と新郎に勧める。まずは新郎側の長老が短い祝辞を読み上げ、互いに礼を交わしたのち、献盃の儀を執り行って簡素に式を締め括ることにした。つまり献盃を受けたこのときこそ、周龍が新郎の顔をしかと見届ける最初の瞬間になるわけだ。周龍は父の差し出した盃を受けるために高く捧げて組んでいた腕を解く。ずっと緊張したまま高く捧げていた腕が今更のごとく痛む。盃を取り落とすまいと慌てて口に運びながらも、新郎の顔見たさに周龍は上目遣いになる。ごくり。周龍の目が丸くなる。

おい、飲むのは半分だと幾度も言ったろうが。

周龍には父の叱責が聞こえない。新郎の顔を見て驚きのあまり盃を交換する前に一気に飲み干してしまったのだ。まだ少年らしさが残るとはいえ、目鼻立ちの整った色白の見目麗しい美童だ。女装させれば周龍よりも美しかろうとさえ思える。

周龍の盃を受け取って新郎に渡さねばならぬ父は、狼狽して盃に酒を半分だけ注ぎ足す。見守っていた見物人たちからわあっと笑いがこぼれる。新郎もことの成り行きを知り、豆の鞘の弾けるような音をたてて笑いを堪えている。周龍にとっては笑えない風向きだが、新郎の笑顔が美しくて周龍も満ち足りた心持ちになる。

おい、笑っちゃいかん！　祝言で花嫁が笑うと初子《ういご》は女の子だってよ。

見物人の冷やかしを聞いても、周龍は笑みを引っ込めない。献盃が回され、新郎の唇の触れた盃を周龍は恥じらうことなく飲み干す。父の狼狽など眼中にもない。

晩秋ゆえ日は短いのに、集まった見物人たちはなかなか帰らなかった。

父が呑兵衛ふたりばかりを無理やり枝折戸の外に送り出す声を聞いて、周龍はついに宴がすっかりお開きになったのだとわかる。全斌とふたりきり部屋に入ってからゆうに二時間ほども経ったような気がするが、互いにもじもじするばかり、ことばを交わすこともできない。日暮れごろには、四方山話に興じるふりをしてわざと初夜の間《ま》の前に腰を据えて中の様子を窺っていた女たちが疎ましくて気疲れしたが、今はあの女たちを呼び戻してでもちょっかいを出してくれと言いたいのが周龍の心情だ。

　初夜の間といったところで、ふつうの部屋にランプとちょっとした酒と肴の膳を置いただけなのも、気まずく居心地が悪い。勝手間の他には部屋二間しかないため、それでもましなほうの部屋を使っているが、それが父と母が毎日寝間として使っているこの部屋だとは。

　周龍はじりじりして盃を満たす。一口飲み込みながら横目で見ると、全斌はこれから何をすべきかとんとわからないらしい。それどころかすっかり怯えている様子は、紛うかたなき幼な子だ。

　周龍は深くため息をつき、自分で飾り帽を外す。早く灯りを消さなきゃ、ランプの油が勿体ないから。婿殿を迎える日だからとさかんに火を焚いたので部屋も暑い。全斌は周龍の様子を見ていたが、合点したというように自分も着物を脱ぐ。やれやれ、と思いながら周龍はチョゴリの紐を解く。どうせなら襦袢まで脱いでしまおうとすると、全斌が片手で目を覆って顔を背ける。

ってことは女の体は恥ずかしいと知ってるわけだ。

まったくの幼な子でないことはわかったが、ちょっと茶化してやりたい気がする。周龍は襦袢姿のまま鴛鴦《おしどり》の刺繍の施された夜具に入る。上体を起こして頬杖をついて全斌を呼ぶ。

そこで何をなすってるんです。寒いからこちらへどうぞ。

寒くありません。

ならば、夜通しそこにおいでですか。

周龍が嫌味を言うと全斌が床に尻をつけたままずり寄ってくる。

お入りください。

周龍はみずからの隣をぽんぽん叩いて示す。全斌は夜具のすぐ傍《そば》まで来てもじもじするばかり、なかなか入ろうとしない。周龍はじわじわと怒りが湧いてくる。

姉さん女房だからお嫌ですの。

周龍のことばに全斌はかぶりを振る。

不器量だからお嫌ですの。

いいえ、不器量だなんてとんでもない。

大慌てで手振りまでして否定する全斌が憎からず思えて、周龍は笑いを堪《こら》える。

嫁が気に入らないんじゃないなら、どうしてそんな顔をしてらっしゃるんです。

周龍の言うとおり、全斌は今にも泣き出しそうな顔色だ。何か言いたげに唇をかすかにわななかせつつも黙ってしまう姿がもどかしいが、可愛くも思えて周龍は茶々を入れる。

これでは疎んじられているようで、とても眠れませぬ。

このことばに全斌がびくりと驚く気配を周龍は見逃さない。全斌に会う前は夫に疎まれようとへっちゃらだと思っていたが、今は事情が違う。つまらぬことを言った己の口を打ち据えたい心持ちだ。何か言って気まずい雰囲気を和ませたいのだが、適当なことばが思いつかない。こういう身の上なんだ、という心情で寝返りを打とうとした刹那、全斌が声をかける。

夜学の友人たちと決意したのです。独立軍に入ろうと……。

仰向けになった周龍はがばと身を起こして全斌を見つめる。布団をめくったはずみにランプの炎がゆらりとなびく。兎のように目をまん丸くした周龍を、全斌はしばしことばもなく見つめていたが、ふたたび口を開く。

一人前になったというのに友と交わした約束ひとつ守れず、親の言いなりも同然ゆえいかにも恥ずかしく、夫人にも済まぬことをして申し開きのしようがない。

ようやく周龍にもこの縁談の委細がわかるような気がした。まだまだ未熟な息子が独立運動にかぶれて家を出ていくのを恐れ、婚期を逸した娘でいいから所帯を持たせて足止めを図ったんだろう。倅の逸る気持ちと一家の不安とで綱引きした結果があたしなんだ。そこに思い至ると、妙に気持ちが落ち着いた。

何を仰います。案じるに及びません。まずは横におなんなさい。

全斌は幾度も目を擦って周龍を見つめる。いまいましいほどきれいで悲しそう。周龍は胸の内で嘆きつつも、気を落ち着けてことばを選ぶ。

お家《うち》の方々のお気持ちもわかるし、その、えっと、旦那さまの思いもわかります。ご両親とて旦那さまが大事を為さんというのに止せというわけではございますまい。まだ幼いとお思いゆえ、もう少し後にせよということでしょう。

全斌はそんなことくらい知っていると言いたげに唇を尖らせる。周龍は話を続ける。

あたしも同じです。そうでしょ、あたし、学もなけりゃ持って生まれた知恵もないふつうの女です。それでも旦那さまが大事を為さんとする意気を挫くほど愚かじゃありません。この手でお支えして、もっと大事を為せるようにしてさしあげるなら、そっちのほうがいいし。

周龍はそう言うとランプを引きずり、枕元に置く。

今日はもう遅いから早うお休みなさい。つまり、あたしが嫌で一緒に暮らせぬなら寝ているうちにお帰りください。追い縋ったりしません。

全斌はなお逡巡する様子だ。そこまで言ったのに夜具に入る気がないのなら仕方なかろう。周龍はため息交じりにランプの灯を吹き消す。寝直して布団を引き上げようとしたところで、周龍は自分以外の別の気配が夜具に入ってくるのを感じる。やがてひやりとした手が、指が顔をまさぐるのも。

手が冷たいです。

済まぬ。

何が済まぬのかもわからず、さっきまで何を言っていたのか、何を思ってそう言ったのかもわからない。今ごろになって襲いくる恥じらいに周龍は布団の中で背を向ける。おずおずと触れる指先が何ともいじらしく、いつまでも背を向けていられない。周龍は向き直って全斌を抱きしめる。周龍より背丈は高いがどこかまだ危うげに感じられる少年の躰を。

目覚めたときこの子がいなくても、けっして泣いたり驚いたりする素振りを見せちゃだめ。

そう決心して周龍は眠りに落ちる。幼い新郎にとってはなおのことだろうが、周龍にとっても結婚は疲れる一仕事だった。ふたりの眠りは東の空の白むまで続く。

先に眠りから覚めたのは周龍だ。周龍の身に片腕を預けてぐっすりと眠る全斌の顔に気づくと、複雑な気分になる。昨日はじめて見た男がこの胸の中で眠っているのが不思議で、それが自分の夫だというのだから呆れたことに思われ、寝顔も可愛いと思うと満たされた気分になり、本当に結婚したんだなあ、という思いにどぎまぎする。

全斌が夜半のうちに出ていかなかったことへの安堵が何よりも大きい。

悪い夢でも見ているのか、全斌は瞼をときおりひくつかせる。よく見ると戸の障子紙に指で開けた穴が五つも六つも並んでいる。そこから射し込む光の筋が全斌の目に当たっているのだ。周龍は片方の手を伸ばして全斌の顔に影をつくってやる。目を閉じて深い寝息をたてている全斌を、周龍は長いこと眺める。母の口にした他愛ない問いが、その顔を見ているうちにふと思い出される。

通化県でいちばんきれいなのは何なのか、あたし、わかった。それは旦那さま。その思いに周龍は意気揚々となる。

旦那さまに並ぶものはない。

2

ぬしの名はどういう意味だい。

周《まわ》るの周《ジュ》に、龍の龍《リョン》だって。

ああ、長い身を廻《めぐ》らせて世界を抱きとめよという意味なんだね。

そんな意味なのか。あたし、どんな漢字なのか書き方もわからない。

ぬしの名前の周と、私の名の全は似た意味なんだ。私の名は全《まった》きの全《ジョン》に輝くの斌《ビン》だ。

名前もとってもきれい。

男に向かってきれいなどと言うな。

全斌が不満そうに吐いたことばに周龍はぷっと吹きだす。全斌は男として、大人として扱ってもらえないと、きまって不貞腐れる。そんなところがとりわけ子どもっぽいとも知らず。

しばらく途切れていた会話が全斌の問いかけでふたたび始まる。

いつから間島《カンド》で暮らしている。

数え一四のとき通化《トンファ》に来た。

その前はどこに住んでいた。どこで生まれた。

江界《カンゲ》[3]で生まれて、ずっとピヤン（平壌）で育った。江界はここから遠くないよ。江界は昔から美人が多いんだって。

それゆえぬしもこんなにきれいなんだな。

きれいだなんて、目ん玉が足の裏にあるのか。

周龍はつい無遠慮に答えてから、しまったと思って口を噤む。全斌はかすかな声で笑う。笑い声に眠気が感じられる。全斌がさらに尋ねる。

どうして通化に来た。

そうねえ。

いい加減に返事してから、周龍は思いに沈む。江界に帰ることもできたはずだし、北満州に行くこともできたろう。対馬やロシヤに行ってもよかったはずだ。わずか一四歳だった。母のチマの端っこを握りしめて後について汽車に乗り込んだだけ、どうして西間島《ソガンド》でなければならなかったかは周龍にもわからない。夜汽車に乗ったから、ひょっとして夜逃げだったのかもしれないと折に触れ想像してみるばかり。両親が何かに追われて逃げるような人間でないことはわかっているが、そう考えるほうがロマンチックだから周龍はいつまでもそう誤解しておくことにした。

寝たかな。

胸の中で眠っているとばかり思っていた全斌が、ふたたび不意に尋ねる。周龍は枕の上でかぶりを振る。鬢《びん》のほつれがふわりとなびく。

何を考えてる。

全斌の問いに周龍はいたずら心が湧き、布団の中に潜り込む。

旦那さまを訪ねて通化に来たのかなってね、どうかな。

脇の下に手を差しこんだとたん耳をくすぐる全斌の笑い声がたまらなく愛おしく、周龍は全斌をまた抱きしめる。まだ互いによく知らず謎解き気分のふたりにとって、夜はそんなに長くない。全斌が問うと周龍が答え、周龍のことばに全斌が応じる。ふたりの会話はいつまでも尽きない。互いにわかり合うまではひたすら相手に聞かせることばだけを集めて生きてきたように、祝言のころ始まった冬がいつしか暮れゆくのも知らずに。

小っちゃなころこそ父ちゃんが大店《おおだな》を経営してそれなりにお大尽の嬢ちゃんだったのに、今じゃ飼葉刈りの名手、畑の草取りの名手ってか。姜《カン》さんとこの姜女《カンニョ》といえば、そんじょそこらの男も舌を巻く。前は泥に触ったこともなかったなんて誰も信じないね。

ぬしはきつい暮らしをしてきたのだな。

うん。きつい暮らしだった。

夫がこんなに幼く弱虫で困ったな。

旦那さまが幼くて弱虫なんて言う雑魚ども無礼者どもは、この手で伸《の》してやる。

そう嘯《うそぶ》く周龍に全斌がうっすらと笑みを浮かべる。部屋は暗くても顔に触れた手が顎の動きに応じて揺れるのでわかる。結婚というのは、夫婦《めおと》になるというのは友を持つことなんだ。死んでも自分を見捨てずにいる友がひとり、あたしにできたんだ。周龍はふとそんな思いで胸がいっぱいになるのを感じる。

いいや、私が早く大人になってぬしを守るから。

途方もないことを。周龍はそのことばが満更でもなかったが、内心くっと笑う。自分が平壌《ピョンヤン》から通化に来たときとたかが一歳《ひとつ》しか違わない子にそんなことを言われても信じられるわけがない。いや、もう年が明けたから一六か。全斌を見るたびに、この子いつになったら大人になるの、という思いと、可愛い子どものまま大人にならなければいい、という思いがつねに争っているのが周龍の本音だ。

そんなのどこで習ったの。夜学でそんなことも教えてくれるの。

皮肉を言ったが全斌の答えがない。とうとう眠りに落ちたらしい。

夜も明けやらぬうちに鶏が時を告げる。周龍は全斌が目を覚まさないように夜具からそっと抜け出して身なりを整える。慎重に戸を開け立てして部屋を抜け、勝手間に入る。起き抜けいちばんにするのは竈《かまど》の手入れだ。冬のあいだじゅう勝手間を寝場所にしていた義祖母や甥っ子たちが部屋に戻ったので、多少は動きやすくなった。乾かしておいた焚き付けの小枝をくべると、息をひそめていた火種が釜底を打って燃えあがる。甕には半分ほど水が入っている。夜のうちに張った薄氷をよけて瓢《ひさご》で水を汲み、釜に入れる。馬鈴薯と大麦に米一合を混ぜて釜を掛けたころ、兄嫁があくびをしながら勝手間にやってくる。そこを兄嫁に任せ、周龍は水桶を頭に載せてようやく明るくなりつつある道を辿っていく。

崔《チェ》家の末っ子や、おはよう。

周龍もせっせと道を急いだが、井戸端にはすでに幾人もの女たちが並んでいる。いずれもぶよぶよむくんだ顔だが、目元には一片の眠気も残っていない。一同で周龍より若い幾人かだけはあくび連発で桶の見張りも覚束ない。

どうして末っ子なんですか。旦那さまよりもあたしのほうが年上なのに。

周龍は女たちには目もくれずに水汲みに精出しながらひとこと口を挟む。

新婚所帯はどうかね。楽しかろうね。

意地悪なお内儀が新入りをからかおうと言ったことばだ。周龍は思い出しただけでも大笑いしたくなるのをこらえ、さも勿体ぶって答える。

宅の旦那さまは勉学に励んでおられるゆえ、楽しむ暇《いとま》などございません。

この子ったら、どこが旦那さまだね。お坊ちゃまならいざ知らず。周龍は水を注ぐ手を止め、そう言ったお内儀を睨みつける。何が面白いのか一斉に笑いさざめく女たちが憎らしい。

御託を並べるあの頭に水桶を押っ被せたいのはやまやまだが……立派な旦那さまのいるあたしが我慢しなくちゃ。この女たちの亭主ときたら日本のやつらを懲らしめるどころか、自分の女房子どもを殴らないだけでもまだましって連中だ。うちの斌《ビン》さまはじき大人になってお国を救う名うての大器になるんだから。

周龍は胸の奥で人知れず鼻息を荒げて急ぎ足で家に戻る。甕の水をいっぱいにするにはあと四、五度は往復しなければならず、朝食までに桶に五杯分の水を汲むつもりなら急ぐ必要がある。

崔家は間島の朝鮮人家庭でも珍しいほどの大家族だ。先祖代々官職を歴任して左団扇の暮らしだったが、はからずも身代を潰して間島に渡ってきたと思われる。そのとき義祖母の腹の中に舅がいたのだと全斌は淡々と教えてくれ、周龍はそれが他人事とは思えなくて目頭を熱くしながら聞いた。きつい性格なうえに周龍にことさらつらく当たる、苦手なことこのうえない義祖母だが、嫁いで間もなく身重の体で泣き泣き間島までやってきたのだと思うと、気の毒で涙が出た。鉄道も整備されていないころだから、なおのこと大変だったろう。

ぬしの目にわが家はどう映る。

話し終えると全斌は遠慮がちに尋ね、周龍が答えに迷っていると、お見通しだとでも言いたげにことばを継いだ。

見てのとおり、わが家は官職に就いていた家柄だ、と横柄に振る舞う悪習を改められずにいる。今は身分の上下などない新たな世なのに、いまだどこ吹く風なのだ。

周龍とて義祖母が兄嫁より自分につらく当たる理由を知らないではなかった。兄嫁は長男の婚礼ということでとことん選び抜いたお嬢さまのうえ、実家も近いので迂闊な扱いはしにくかろうが、急拵えで担ぎ出してきた弟嫁のほうは利かん気が強くて手に負えぬゆえ苛立って当然だ。だから周龍も、わが家とて根無し草にあらずと抗議したくなるたびに、夫の顔に泥を塗るわけにはゆかぬと、娘の教育がなっとらんと実家に難癖をつけられるのではないかと、大人しくしていた。

根っこがどうだってんだ。天下の逆賊、李完用《イワニョン》[4]は卑しい生まれだから国を売ったのか。お国の重臣中の重臣だったじゃないか。両班《ヤンバン》貴族どものほうこそ国を売ったんじゃないか。

義祖母が顔を顰《しか》めるたびに周龍は胸の内で怒りを宥めつつ独り言《ご》つ。根っこなんか糞喰らえ。亡くなった祖父さまはお酒を飲んでいい気分になると、きまって清《しん》や日本のことば交じりで管を巻いたっけ。根っこなんぞ糞喰らえ……誰だって偉そうに嘯《うそぶ》いたことくらいあるんだ。

姑の気性も半端じゃない。今は義祖母の性格に押されて本領を発揮できずにいるだけだ。

姑は口で言ってきかないと見たら手が先に出るほうだ。婚家に入るやいなや兄嫁が真っ先に耳打ちしてくれた。何か気に入らないとなると背中をばしりと叩き、もたもたしていると思えば手の甲をぴしゃりと打つ。周龍は幸い手先が器用で姑からさほどきつく叱られた覚えはないが、兄嫁は甥っ子が腹にいた時分に姑に火掻き棒を振り上げられたことがあったそうだ。実家で蝶よ花よと育ったお嬢さまが、実家からもそう遠からぬお嬢さまが、そんなふうに殴られながらなぜ耐えているのかと尋ねると、母が悲しむと思ったら口に出せないと言った。

家族の食事の支度をして後片付けまで済ませたら、背負子を背負って山に向かう。五、六月までは夜通し火を絶やすわけにはいかず、じきに苗床作りで忙しくなるから、今のうちに焚き付けの小枝をできるだけたくさん集めておかねばならない。そういえば若い女が背負子を背負って歩き回るのも義祖母の忌み嫌うことのひとつだ。住み込みの小間使いを追い出して幾年も経つというのに、家に働き手がやってきたのを喜ばないとはどういう了見だ。周龍は地面から飛び出して乾いた木の髭根を思い切り叩き切る。

この根っこめ！

切り株に腰を下ろして一息つき、自分の暮らす村を見下ろす。井戸端に、川辺に集まっている女たち、行き交う人々、往来をちょこまか駆け回る子どもたち、家々、塀や垣根、山の斜面の畑、気の早い農夫がすでに水を張って鏡のように光る田んぼ。

すべてが指の節ひとつ分より小さく見える。小さく、可笑しい。何をあんなに腹を立てていたのかも忘れてしまうほど万事万物が遠く感じられる。またあの下に戻れば自分もあんな小さな存在になるのだろう。また些細なことに腹を立て、些細なことで泣き笑いするのだろう。そんなことを考えているときは、素敵な旦那さまのことは思い出さない。周龍はそれが孤独とも知らず孤独を噛みしめる。いつまで浸っているわけにはいかない考えだ。

背負子にどっさり焚き付けを積んだら急いで戻って家事を済ませ、旦那さまの食膳を整えねばならない。周龍は倒けつ転《こ》びつ《まろ》足を運びながらも、細枝の一本も背負子から取りこぼしたりしない。

川辺に出かけて洗濯をしたら戻ってそれを干し、大麦を脱穀し、大根を千切りにして干し、時間が余ったので勝手間の土壁をさっと塗り直し、家族の食膳を整え、夜学に出かける全斌を見送り、夜通し火を絶やさずにおく竈に薪をくべ、義祖母から兄嫁一家までおやすみの挨拶に回り、部屋に戻って松の小枝に灯りを点し、家族の繕い物をする。

これだけやれば、今日もとやかく言わせない。

そう考えているうちにうとうとしてくる。針の先が行く宛てを誤って幾度も手の甲を刺す。ちょいと、もう寝なさい。灯りが勿体ないだろ。壁の向こうから姑の声がする。はい、もうお終いにします。周龍は目を擦りながらやりかけの仕事を片付ける。全斌が遅いと思って目を上げると、戸の外で風が一団となって吹き過ぎるのが見える。春の雪が舞っているのだ。

周龍は出迎えに行こうと全斌の綿入れを出して抱える。いつのまにかこんもり積もった雪に用心深く足を運ぶ。枝折戸に開け立てした跡がある。辺りには家まで向かって引き返した足跡が点々とある。深く考えずともわかる。それが全斌の足跡だということくらい。

周龍は部屋に駆け戻り、火を点した松の小枝を手に出てくる。

足跡は途中でいくつかの足跡と交じり合う。周龍は入り乱れる男たちの足跡の中から全斌のものを探し当てようとしばし行き惑う。村はずれのほうへ全斌と男たちは揃って歩いていったらしい。周龍は立ち止まって息を整える。どこまでも村の外へと続く足跡の上に積もった夜が、底知れぬ水の中のごとく冷え冷えと捉えどころがない。駆けるうちに口に飛び込んでくる雪を遅ればせながら吐き出す。ひりひりする涙が溢れそうになる。早鐘のように打っていた鼓動がようやく落ち着いてきたころ、周龍は改めて深く息をつく。潜る態勢を整えた海女《あま》のように、村の外へと一歩を踏み出す。

どこに行く。

人声に驚いて周龍は松の小枝を取り落としてしまう。小枝の火は雪道に落ちて力なく消える。振り向くと全斌がいる。長いこと歩き回っていたらしく頭や肩に雪の積もった姿だ。

そう言う旦那さまはどちらに行かれてたの。

周龍は落ち着こうと努めながら問い返す。

家に戻ったらぬしがおらぬゆえ引き返したのだ。

全斌が鼻を啜《すす》って答える。周龍は持ってきた綿入れに積もった雪を払い落とし、全斌に手渡す。全斌は綿入れを広げると周龍の肩にかけてやる。

旦那さまがお召しになって。

どうして急に敬語をお使いになるんです。

久しぶりに耳にする敬語がこそばゆいのか、全斌の問いかけには笑みが滲む。周龍は答えぬまま身をよじらせて綿入れから抜け出す。綿入れは周龍の肩のかたちを留めてつかのま宙にあり、やがて全斌の腕へとしなだれかかる。全斌は綿入れを小脇に抱えたまま黙って周龍を見つめる。

あたしに何も言わずにどこに行こうとしたんですか。

ぐっと込み上げる涙をたびたび堪《こら》えながらなので周龍のことばは途切れがちだ。雪雲が厚いため月も暗く、舞い散る雪のせいで全斌の顔がよく見えない。この世にまたとない友だと思っていたのに。思いがそこに至った瞬間、熱い涙が幾筋も冷たい頰を伝って落ちる。

不束者《ふつつか》でごめんなさい。旦那さまが独立をどれほど大事に思っているかわかってるけど、出会ったご縁もあり、ともに暮らした情の通った妻を置いて何も言わずに行かれるとは思わなかった。大事に挑もうとする旦那さまの気持ちを汲んであげられぬ不調法な嫁で本当にごめんなさい。

私は……。

周龍は涙を拭って全斌の次のことばを待つ。たったひとこと耳にしただけだが、全斌も声を殺して咽び泣いているのがわかる。周龍は自分の流した涙より夫の嗚咽が切なくて胸が張り裂けそうだ。

あ、あなたが好きだから……。

全斌のことばに周龍はさらに涙が溢れる。肌を合わせて暮らすようになって幾月も経ち、姉弟のごとく情が通うようになったのも事実だったが、好きだとか何とかいうことばを耳にしたのはこれが初めてだ。卑怯にも、今そんなことを言われたら、どうしてあなたを怨めよう。あなたが好きだから、あなたを独立した国に住まわせたいのです。私の手で、早くそれを成し遂げたいのです。友と交わした約束も約束ですが。

全斌がなんとか涙を堪えて言う。周龍はそんな夫が、幼い夫が労《いたわ》しく、思わず抱きしめたくなる。

なのに、どうしてお戻りに。

周龍の口ぶりがやや穏やかになると、全斌はとうとう泣き出してしまう。

い、いざ、ぬしを置いて行こうとしたら足が前に進まぬ。

周龍ももはや堪えきれず、身を寄せて両の腕を全斌の首に絡ませる。闇に浮かぶ影として見ているときは立派な大人の男のようだが、胸に抱きしめてみるとやはり自分の知るいつもの少年なのでほっとする。周龍の思いを知ってか知らずか、少年らしく全斌は一度堰を切った涙を容易には止められない。

済まぬ。済まぬ。私のほうこそ情けない。

そんなこと言わないで。旦那さまのどこが情けないの。

情けない夫で済まぬ。

情けなくたってあたしの旦那さまだ。

抱いた肩をはたいて雪を払いながら周龍は幾度となく繰り返す。情けなくたって旦那さまだと、あたしの旦那さまが情けないはずなどないと。

3

夫婦のあいだに秘密があれば不和が生まれるが、夫婦が同じ秘密をともに抱くならかえって情が深まる。今の周龍《ジュリョン》にはそれがわかる。

吐く息が真っ白になる。まだ鶏も暁を告げる前だ。夜とかわたれのはざまで周龍が全斌《ジョンビン》を急かす。

さあ、行こう。

そうするとしよう。

嫁いできたとき、こんな日がくることをどうして思い描けようか。正直なところ周龍は国とは何か、独立とは何かもわからなかった。自分のことを守っても面倒を見てもくれなかった国が独立して何の役に立つ。国の名前なんか知ったこっちゃない。家族が腹を空かせず、寒さを凌いで暮らせればそれでいい。周龍の考えはそうだった。威張れはせずとも、恥ずべきこともない思いだった。独立軍への思い嵩じた幼い夫に、どうせ行くなら自分も連れていってほしいと言い張ったのも、夫を理解したからではなく案じてのことだった。

周龍の胸中を知ってか知らずか、全斌は意外にも周龍のことばを熟考してみるふうだった。ほどなく夜学から戻った全斌が手渡したのはハングルの教本だった。

名前くらいは書けぬと困るからな。

名前くらいなら今だって書けるのに……。

周龍も平壌《ピョンヤン》で暮らしていたころは耶蘇《ヤソ》教徒の友人と連れだって礼拝堂に行ったこともあるし、女学校に顔を出したこともあって文字くらい知らぬわけではなかった。つっかえつっかえではあるが書き物を読むことはできた。書くほうは問題だった。文字どおり自分の名前以外に自信をもって書ける単語はなかった。

聞くところによると独立軍の部隊ではご婦人方もさまざまな活躍をしているそうだ。ぬしとてできぬはずはない。ただ、それには学び準備すべきことがたくさんある。

夜ごと交わしていた夜伽は学びに変わった。やがて周龍が文字を覚えると、全斌はあれやこれやの読み物を手に入れてくるようになった。面白い物語や詩集もあったが、独立軍の消息の載った雑誌や小冊子などが主たるものだった。南満州で組織された独立軍部隊が故郷の江界《カンゲ》で日本の警察署を襲撃したこと、青山里《チョンサンニ》や鳳梧洞《ポンオドン》[5]で日本軍を相手に勝利を収めたこと。周龍があれこれ読んで尋ねると、全斌はわが目で見てきたかのように生き生きと話して聞かせた。国を失えば、国だけでなくことばも失い魂も失うのだ。私の名が崔《チェ》全斌ではなくマツダとかタケシとかだったら、と考えてごらん。

優しいながらも憂いを込めて言う全斌を見ながら、周龍は内心、名前なんかどうでもいいと思った。日本のタケシならどうで清国《しんこく》の王某ならどうだっての。あたしには何の意味もない。あなたがあなただってことだけが大事なんだと言いたかった。そんな思いは全斌には言えなかった。全斌を悲しませるようなことは周龍も考えたくなかった。

だがほんの少し前に北間島《ブッカンド》で独立軍の掃討を名目に日本軍が民間人を虐殺、放火する事件が起きたと聞いたときには、何も知らない周龍の胸にも炎が燃え上がった。人として持つべき正しき心、いわば正義感や愛国心といったものが、ある種の敵愾心に根ざしていることもあるのだと、周龍にもおぼろげながらわかったような気がした。自分が世情も知らずまどろんでいるあいだに、自分のことにかまけて消息に触れずにいるあいだに、親のごとき、兄弟のごとき同胞が無念の死を遂げていたのだと思うと、憤りを収めることができなかった。自分もまたそんなふうに死んだかもしれぬと思うと肝を冷やした。そんな報に接するたびに、周龍はけっして自分を置いてひとり旅立たぬよう全斌に訴えた。

このところめっきり眠りの浅くなった義祖母の耳に立ってはまずいと、夫婦は枝折戸を開け放ったまま旅路に就く。ときおり立ち止まって家のほうを振り返る全斌を急き立てるのも周龍の役目だ。全斌の気持ちがわからないではない。血を分けた家族の眠る家が遠ざかるほどに名残惜しさと愛情が募るだろう。こうして旅立てばいつまた会えるかわからない。独立軍に加担した息子がいると知れたら親日団体から疎まれて報復されることもありうる。およそ大義に身を投じることは、家庭にとっては罪を犯すことに他ならない。それとは別に夜が明ければ家じゅう大騒ぎだろう。全斌も周龍も姿をくらまし、それとともに義祖母がしかと隠しておいたはずの貴金属もいくつか消えているのだから、その衝撃たるや計り知れぬはずだ。

　これからどこに行くの。

夏に桓仁《ファニン》県[6]で南満州独立軍団やら部隊やらが総結集して府をひとつ作ったそうだ。南西の方角にしばらく行くことになるだろう。先に行った同志が迎えにきてくれることになっている。

府って何。

　周龍の問いに全斌は胸に迫るものがあるらしく、握った手にいっそう力が籠る。

つまり、我等が政府を臨時にせよ作ったということだ。たとえまだ軍事中心の政府とはいえ、大韓民族の暮らす地は大韓民族みずから治めん、そういう趣旨だ。

　あなたはもしや、そう語りつつそこまで瞳を輝かすことのできる人なのか。そんな考えに周龍もまた全斌の手を力を込めて握る。

　だが晩秋に襲ってきた時ならぬ寒さに、百里の道を行くにはどれほどかかるのかと考えると茫漠たる思いだ。服という服をすべて重ね着して出てきたゆえ今のところは持ち堪えているが、ひびの入った甕から水が漏れるように襟足や袖口から冷気が忍び込むのまでは防ぐ手立てがない。

夜が明けてからは陽の当たる頭のてっぺんだけじりじり暑くなる。ひゅうひゅう吹きつける冷たい風は相変わらずだ。かじかんだ鼻をつんとつつけば粉々に砕けてしまいそうな気がして、周龍は短い襟巻を顔の真ん中に引き寄せる。首の前側が寒くなるので長いことそうしてはいられない。

寒かろう。

いえ、旦那さまこそ寒いでしょ。

全斌が済まなさそうに尋ねるたびに周龍はむきになって精一杯否定する。周龍の身を案じてのことばだとわかってはいるが、だったらなぜあえてついてきたのだと責められているように思えて無理して強がってしまう。

膝、肩、節々が凍った藁束のごとく感じられる。曲げるたびにぎしぎし痛むのでつい呻き声が漏れるが、夫の心持ちはいかばかりかと思うと肩で息することすらできない。

峠に差しかかると道が狭くなる。牛馬の曳く荷車や軍用ジープが見えるたびに夫婦は道の際《きわ》に身を寄せて避ける。とりわけ日本人のものと思われる車が通り過ぎるときは、すでに独立軍の一員にでもなったかのように、その事実がすでに露呈してしまったかのように動悸が激しくなる。

案じるな。ただ定着の地を求めて別の村に向かう夫婦《めおと》もんにしか見えぬはずだ。汽車賃を惜しんで歩いてるんだな、と思われてるさ。

周龍は全斌のことばを聞いて安堵する一方、夫もまた自分と同じ緊張を抱いているのだと察する。

今のところまだ独立軍の部隊に入るだの何だのということは実感が湧かず、ままごとのように思われる。独立軍ごっこをしているのだ。天下でいちばんと慕うわが夫がいざ独立運動だというから、独立がすぐ明日にでも、ほんのひとっきりしたら実現するような気がして、つらい道のりとてともに歩めるのが嬉しくて、つい笑みがこぼれそうになる。

そんな思いを全斌は知っているのだろうか。周龍はわけもなく恥じらいを覚える。

こんなときはあたしのほうが子どもみたい。全斌、あんたじゃなくて。

歩を進めつつ不意に自分にぴたりと身を寄せてくる周龍がいかなる心情でそうしてくるのかも知らぬまま、全斌は周龍の肩を抱き寄せる。前方に道はどこまでも伸びている。


幾里くらい歩いたかな。

そうだな、七〇里は歩いたろう。

太陽が南から西へと回って影がやや長くなったころ、周龍と全斌はある三叉路の道標の前で立ち止まる。漢字とローマ字、日本語でのみ書かれていて周龍には読めない標識だ。来し方を示す矢印の下に「30」何やらと書いてあるから三〇キロ離れているという意味だろうし、おそらくそれは周龍と全斌が過ぎてきた村のうちもっとも大きな村の名だろう。一〇里がおよそ四キロだというから、やはり七〇里以上も歩いたんだ。周龍は凍える手で指折りながら計算を終える。

腹減ったろう。

ずいぶん前に空いてたけど、今は大丈夫。

休憩のために立ち止まると寒さがよけいつらいので、ほとんど休まず歩いてきたのだ。陽の射さない林の中を行くときは体を温めようと駆け足さえした。腹も空きそうなものだが不平をこぼさない夫を周龍は殊勝だと思いつつ見つめる。全斌は里程標の前をうろうろしながら辺りを見回す。

ここに迎えに来ることになっている。

いつ来るかは決めてないの。

はて……もっと遅くなると思ったようだな。

じゃあ……。

周龍は来し方を背に、行く手に伸びるあと二本の道を両手で指し示す。

迎えはどっちから来るの。そっちに向かえば途中で会うんじゃないの。

全斌はかぶりを振った。

どこから来るのか私も知らぬ。そもそも道で落ち合うのも、迂闊に根拠地を知られてはまずいからだそうだ。

どの辺りから来るのかくらいわからないの。

それくらいならわかるけど……。

それはどっちなの。

右のほう。

じゃあそっちに行けばいいんじゃない。

それで間違って迎えの者と行き違いにでもなったら大ごとじゃないか。

どっちから来るか決まってるようなもんなのに、ここで待つの、石頭なんじゃないの。

問いかけに問いかけで答えてから周龍は口を噤む。もどかしく腹立たしい。全斌も石頭と言われて機嫌を損ねたのか、黙りこくっている。

そのまま立っていると手が痺れてくる。周龍は拱手《きょうしゅ》礼のときのように袖口を合わせてそれぞれの手を反対側の袖口に差し込む。手を擦《こす》り合わせながら温まるのを待つ。手首は冷たいが手のほうが冷たいので他人の体みたいだ。寒さも寒さだがじっとしているのが堪らず、わけもなく小石を蹴ってみる。小石が思いのほか遠くまで飛んでいくさまをぼんやりと眺める。寒さで足が痺れてどれほど強く蹴ったのか感覚すらない。

全斌の様子をじっと窺うと、寒くもないのか里程標の辺りで腰を下ろすべく場所を検《あらた》めている。あくまでも、なんとしてもそのつもりか。この寒空に。動かなければ凍え死ぬかもしれない。例え話ではなく実際にだ。夫のことを愚か者呼ばわりしたくないが、ぼんやり待っているうちに日が暮れてしまったらどうするつもりなのか、もどかしい限りだ。

迎えにしてもそうだ。来るというだけで、いつ来るのか知らせずにどうせよというのだ。独立軍に合流するのを受け入れようってのか、凍死した若者の死体を片付けようってのか、はっきりすべきではないのか。

ねえ！

周龍が声高に呼んで全斌の注意を惹く。わずかのうちに唇が凍え喉もこわばって嗄《しゃが》れ声が出る。

あたし、右の道を行ってみる。ここで座ったまま凍え死にしたんじゃ浮かばれないよ。

反対の道から迎えが来たらどうするんだ。

すぐにでも来そうならこっから見えるんじゃないの。見えないよね。

周龍のことばに何やら言い返そうとしたが、全斌は深くため息をついて押し黙る。不承不承でも一緒に行くと言ってくれると思ったのに、へたり込んだまま微動だにしない夫が恨めしく、頼りない。

宣言したとおり周龍は右の道へと歩きはじめる。幾歩も行かないうちに、今からこんなじゃこの先どうなるやらと不安になる。嫁いで以来、夫と喧嘩らしい喧嘩ひとつしていないことを今更ながら思い出す。とりたてて夫に不満を抱いたこともなく、全斌も周龍のやり方に口を挟んだことがない。友もつらい時間をともに経験してこそ真の友になれるというが、これまで自分たちにはつらい経験がないから喧嘩もなかったのではないか。そんな思いに周龍は気が重くなる。

どれほど歩いたろうか。俯いて歩いていた周龍は、ふとエンジンの音、山道の砂利を弾く力強いタイヤの音を聞く。目を上げると彼方からトラックが走ってくるのが見える。思わずぴんときて周龍は道の真ん中に走り出て車の行く手に立ちはだかる。

ちょいと！

トラックは周龍のすぐ前まできて停まる。運転席側のドアが開いて穏やかな印象の男が顔を出す。男が口を開きもしないうちに周龍はせかせかと尋ねる。

崔全斌という者をご存知ですか。

前面の窓越しに見ると、助手席の男と運転席の男が何やら話しているようだ。

あたしは崔全斌の家内です！　崔全斌をご存知ありませんか。

周龍は胸をどんどんと叩いて大声で尋ねる。助手席の男が目を丸くして車から降りてくる。

奥さんですね！　俺、全斌と同じ村で生まれた呉《オ》です。おわかりになりますか。

周龍は、嫁いで日の浅いころ行き来して顔を合わせていた呉という男にうっすらと見憶えがある。全斌と同じ夜学に通っていた若者だ。下の名前はよく憶えておらず、幾度か会っただけで顔もあやふやだが、こんな時にこんな場所で出会ったのだから親類縁者さながら嬉しく思う。

わかりますとも。またお目にかかれてまことに嬉しゅうございます。

呉と周龍の会話が思いのほか長引きそうだと思ったのか、運転席の男がエンジンを切って降りてくる。呉は同じ村の者と会えて嬉しいといって笑顔を見せながらも、ふと訝るように尋ねる。

ときに、どうしてこんなところに……おひとりですか。

呉に尋ねられて周龍は、全斌が自分を伴っていることを告げていないのだと気づく。呉も運転席の男も笑顔ではあるが戸惑いの色を隠しきれずにいる。

どうして伝えてないんだ。あたしが途中で逃げ帰ると思って前もって言わずにいたのか。恨めしそうな顔をする代わりに周龍は空元気を奮って答える。

旦那さまひとり送り出すのが案じられますゆえ、身の程もわきまえずついてきました。旦那さまはずっと行った道しるべの前でお待ちです。

周龍の答えに運転席の男がくっと笑う。その笑い声が周龍を苛立たせる。

何が可笑しいのですか。女は独立の足しになりませんか。それこそ古臭い思想ではありませんか。

周龍のことばに運転席の男はさらに大きく笑う。ひとしきり笑うと、笑いを振り払うように手を横に振って言う。

いいや。そんじょそこらの男より気迫あるな。ようこそおいでなすった。

運転席のドアを開けながら男は名を名乗った。

俺は白狂雲《ペクファンウン7》という。お乗りなさい。お連れ合いを迎えに行くとしよう。

膨れ面をしてとぼとぼと行ってしまった周龍がトラックに乗って手を振りながら戻ってくると、全斌はたいそう驚いた様子だ。

周龍は呉の後から車を降りると意気揚々と叫ぶ。

あたし何て言ったっけ。こっちに行けばじきに会えるって言ったじゃない。

う、うん。ぬしの言ったとおりだ。

全斌はこわばった体でぎくしゃくと立ち上がりながら答える。周龍は自分の言ったとおりだったと自惚れている場合ではないと思い、夫の手足を摩《さす》ってやる。

おやまあ、寒かったろうに。無理にでも一緒に行こうと言えばよかった。あたしが間違ってた。

いや、ぬしの言うとおりだったのに、つまらぬ意地を張って面目ない。

そのことばを聞いて周龍は、人目も憚らず全斌を抱きしめてしまう。

全斌の躰がすっかり冷えきっていたので呉が荷台に移り、助手席に全斌、真ん中に周龍が座る。エンジンのかかる前から周龍は全斌の片方の手を握って放さない。

あまり行かぬうちに戻ってくると思っていたよ。

全斌が身を寄せて周龍に耳打ちする。周龍も全斌の耳をつまんで声をひそめる。

じゃあ、また会えたとき嬉しかったでしょ。

全斌がまた耳に唇を当てる。

先輩にだめな奴だと思われないか心配だ。

このことばが周龍の胸を刺す。そんなはずないと言い返そうとしたそのとき、ハンドルを握った白狂雲が皮肉を言う。

ひそひそ話はちょっとあれだ。仲間外れにされた気がする。

そのことばに夫婦は身を引き離したが、砂利道を揺れながら走る車の振動に耐えきれぬふりをしてふたたび身を寄せ合う。眠ってはいけないのに、緊張感がないように思われるのに、そんなことを思いつつもとうとう周龍は鼾をかいて寝入ってしまう。

4

さあ、着いた。ここが統義府[8]第一大隊の臨時根拠地だ。

周龍《ジュリヨン》は寝ているうちに垂れた涎《よだれ》を慌てて袖口で拭う。車窓の向こうに、黒々とした山の稜線を背にざっと見積もってゆうに二〇〇人はいる男たちが松明《たいまつ》を手に立っている光景が見える。

降りたまえ。

白狂雲《ペククァンウン》が素っ気なく言う。荷台から降りた呉《オ》がすでに助手席のドアを開けている。全斌《ジョンビン》がまず慎重に降り、続いて周龍がぴょこんと飛び降りる。白狂雲はそのまま車でどこかへと消え、呉が先に立って進む。

これからは第一大隊第二中隊に属して行動してもらうことになります。少なくとも一月《ひとつき》は現場での活動よりも訓練が先でしょうが……。今日は折よく中隊長殿の激励の辞も聞けるし宴席のある絶好の機会だから、あえて今日落ち合おうと言ったんですよ。

それであんなに大勢いるんですね。

あれだけの人数で女の姿がほとんど見当たらないことに注目しつつ周龍が答える。

呉は松明を一本受け取ると第二中隊の列に周龍と全斌を案内する。三〇人ほどがすでに前に立っているため、さして背の高くない周龍には演壇代わりと思しき岩がなんとか見えるだけだ。

やがて割れんばかりの拍手と歓声が山にこだまする。そんななかトラックの運転手、白狂雲が現れて岩の上に立つ。拍手の音に耳がじんじんするので周龍は声を張りあげて呉に尋ねる。

あの人がどうしてあそこに立つんですか。

あのお方が統義府第一大隊第一中隊長、白狂雲将軍ですよ。

周龍はもちろんだが全斌のほうが周龍にもまして驚く。そういえば全斌は白将軍と名乗り合う機会がなかった。

何を言ってるのかひとつも聞こえんけど、みんな足を踏み鳴らして大騒ぎだ。

周龍は小声でぶつぶつ言うが、全斌はたいそう感銘を受けたのか、目頭が赤くなっている。

あの男がそんなにいいのか。女房よりもいいの。

周龍は全斌の脇腹をつつきながらわけもなく当てこする。全斌はにやりと笑うと周龍の耳に囁く。

ぬしに了解してもらいたいことがある。

何なの。

夫婦揃って独立軍に合流したまではよいが、あまり夫婦仲の良いところを見せつけては周りはよく思わぬだろう。

そんなのあるもんか。あたしが黙っちゃおかないよ。

全斌は答える代わりに周龍の手をぎゅっと握る。さらに拗《す》ねたい気分だったが、つい周龍もその手を握り返してしまう。

山に響く男たちの拍手の音、足を踏み鳴らす音はいつまでも収まらない。

独立軍で周龍に与えられた任務は、これまでやってきたこととさして変わらない。こんなにいっぱいあるのを、こんな小さな釜ひとつでどうしろってんですか。

近くの村から差し入れられたとか何とか、六〇本あまりの唐黍《とうきび》が周龍の前に置かれている。女といえども独立の一翼を担いたいとの思いはただの張ったりではなかったが、一翼なるものがこんなことだとは。

どっちみち姜《カン》女史がこの唐黍を料理できぬなら今日はみな指を咥《くわ》えて飢えにゃならんから。

唐黍を持ってきた同志は、それだけ言うと行ってしまう。統義府第一大隊第二中隊の三〇人あまりの男たちの胃袋がすべて周龍の腕にかかっているのだ。

初日にわずかに目にした女たちも、それぞれの中隊でこんなことをしているのか。周龍は唐黍をへし折って青銅の釜いっぱいに入れる。ぎっしり詰めこんだところで二〇本も入らない。粒をもいで唐黍粥にしたほうがいいか。火を分けて鉄でできた釜の蓋を裏返して掛け、幾本かの唐黍を焼きながら周龍はぼんやりと物思いにふける。

少なくとも一月《ひとつき》は訓練だと言っていたが、必ずしもそうではない。銃や剣を扱う練習だといって棒きれのようなものを渡され、ものになったかと思われるころ回収して現場活動を始めるとのことだ。周龍はその銃代わりの棒きれさえも持たせてもらえなかった。麦を渡されれば麦粥を作り、馬鈴薯を渡されれば馬鈴薯を焼く。女は現場活動に参加させないと言われたことはなかったけれど。

いずれにせよ自分の判断に任され嫌なら結構というやり方だったが、この嫌なら結構というのが実に悩ましいのだ。日々の日課のごとく手に負えぬような食材を持ち込んでは、料理できなければ我々はみな飢えるのだと脅迫するではないか。苦労して作って持っていったら大人しく食べればいいものを、やれ煮え過ぎだ、焦げてる、味が薄い、渋い、その都度文句を言うではないか。いくら寒いからといって垢がこびりついた汚い身なりでいるから、見るに見かねて洗濯してやったら、誰彼構わず手当たり次第に着るではないか。そのせいで背の高い全斌が窮屈な服を当てがわれてつんつるてんだったではないか。間抜けみたいに。それもこの寒空に。

そういえば、家にいるときはいつも自分より朝寝坊だった夫が、他の男たちとともに早朝に出かけて日も暮れてから戻ってくるのも不満だ。凍え死にしないようにしっかり抱き合って眠りに就くものの、以前のように夜伽を交わす暇《いとま》はない。周龍は自分と夫が夜ごと横になって休む雪洞を見やる。周龍自身はともかく、両班《ヤンバン》の家で乳母《おんば》日傘で育った少年もすっかり山の男になったものだと、雪洞を見ると実感が湧く。雪洞の中は予想以上に寒さを凌げるとはいえ、毛布や襤褸《ぼろ》きれを幾重に敷いても地面から伝わってくる冷気を防ぐことはできない。

独立軍ならあえて山で過ごすべしなどという法がどこにある。少なくとも冬場は活動を控えるとか、そういうやり方はないものか。移動経路が日本軍に知られてはまずいからと、険しい山の道なき道を越え、どの県のどの村の近傍なのかもわからず、山中に陣地を定めるのだ。

そうやって苦労して陣地を定めても、雪が降って足跡が残れば尻尾を摑まれるわけだから何のための苦労かとも思うが、判子を押すように強く踏みしめて歩きさえしなければ、足跡はじきに風に消されてしまうらしい。

夫人！　おいでかな！

不意に枯れ木立のあいだから白狂雲が現れる。

まあ、白将軍殿。

気配もなく現れて声を響かせる白狂雲を、周龍は幻でも見つめるようにして立ち上がる。

こちらには何のご用件で。

狂雲さんとお呼びください。おや、おひとりかな。

周龍は唐黍の袋と青銅の釜とを顎で指し示す。狂雲は了解したというように頷く。

私がつねに強調していることがある。それは女性ならではの活躍の場があるということなのだが。

周龍は狂雲のことばを聞き流すつもりで地面に目を落とす。ふん、こういう仕事のことだろ。

こういう仕事のことではありません。

何なの、この人。周龍は目を上げて狂雲を見る。狂雲は高笑いをする。

夫人は嘘をつこうにもつけぬ人ですな。

それはまたとんだ買い被り。周龍はまた腰掛けて唐黍の下拵えを始める。

鄭《チョン》……何でしたっけ、とにかくその同志に会いませんでしたか。ここに背負子を預けてふたたび下っていかれましたが。

会わなかったな。それはそうとまだ同志の名も憶えておられんのか。

あの人たちはその……あたしのことを同志だと思ってるんですか。

狂雲は適当な答えが見つからないのか、黙って周龍の前に腰掛ける。

一緒に火にでも当たりましょう。

そうなんですね。同志ではないんですか。

周龍の切り返しに狂雲はふっと笑みを漏らすと、唐黍の袋を自分の前に引き寄せる。周龍は狂雲が巾着から手に収まるくらいの小刀を取り出すのをじっと見つめる。この前見たときは運転手みたいだったのに、雪の山から忽然と現れたさまを見ると虎を捕まえて歩く鉄砲撃ちみたいだな。あの毛皮の服にいっぱい下がってる巾着には他に何が入ってるんだろう。

集結地を求めて歩き回るうちに虎に出くわすんじゃないかと思っていたが、虎より恐ろしいご婦人にお目にかかったな。

何ですって。

ぎょっとした周龍を見て狂雲は、ははははと笑いだす。

さっきからいったい何なの、この人は。あたしが何を考えているのかすっかり見透かしてるみたいに。周龍は忙《せわ》しなく手を動かしながらも狂雲から目を離すことができない。狂雲は慣れた手つきで唐黍の粒を釜に削ぎ落とす。自分を食い入るように見つめる周龍の眼差しなど眼中にないかのように。

おやすみですか。

夜もだいぶ更けてから誰かが周龍と全斌の雪洞に向かって声をかける。首をそちらに向けて見ると、革の履物を履いた足が幾組か見える。

いいえ、起きてます。

全斌が腕枕を外しながら慌てて答える。天井が低いので身を起こすことはできず、這い出ていこうとする全斌を声が制する。

全斌、おまえではなく夫人をお呼びだ。

誰が。

白将軍殿の指示だ。

暗い雪洞の中だが、夫婦は互いの顔に浮かぶ面喰らった表情を認め合う。周龍が全斌の耳に囁く。

一緒に行こう。

私ではなく夫人をお呼びと言ってるじゃないか。

全斌のことばに周龍は苛立って言い返す。

いくら将軍だからってこんな夜中に女ひとり呼びつけるなんて道理に合わないでしょ。ぐずぐず言わずに一緒に行きましょ。

ふたりは腹這いのまま身をくねらせて雪洞の外へと出ていく。

燃え尽きそうな松の小枝を手に暗い林の中で待っていた狂雲は、まずは夫婦を案内した同志を引き下がらせる。何やら内密な話でもしようってのか。あたしみたいなつまらぬ女に何を仰々しく言うことなんてあるんだろうかと思うけど。周龍の推測が正しかったことを証明するように、狂雲は全斌にも席を外してもらいたいというように鋭い視線を向ける。周龍は全斌が本当に行ってしまうのではないかと不安になり、あえてぴったりと身を寄せる。どうせならと手も握ろうとするが、それに気づかない全斌は身をこわばらせて立ったままその隙を与えない。

狂雲はしばし躊躇するが、まあ構わんというように口を開く。

こんな夜更けに呼び立てて済まぬ。夫人にご活躍いただきたいことがあるのだ。

狂雲のことばに周龍より全斌が驚く。

私の夫人にですか。

ここに女人《にょにん》がふたりいるか。

若く甘い顔立ちの全斌が女みたいだと先輩隊員にからかわれていることを周龍は知っている。狂雲もそれを知っているのか。初日の宴席以来、第二中隊と合流したのは今日が初めてだから知らないかも。狂雲のことばが妙におちょくりのように聞こえるのが周龍は気になったが、当の全斌が大人しくしているので自分も我慢することにする。
それで、その活躍とやらが何なのかお聞きしましょう。
今から俺と一緒に出かけて品物をいくつか運んでもらえばいいのだ。
そのどこが活躍なんですか。

夜のうちに峠をいくつも越えて汽車に乗った。周龍は不安そうな顔で自分の腹を見下ろす。臨月よろしく偽装した腹の中には爆薬と分解した銃が幾丁か隠してある。傍らに座った狂雲は何が面白いのかご機嫌だ。身のこなしも鋭い男たちが護衛役として前後を固めているが、いずれ災難にでも出くわすのではないかとの恐怖から冷や汗がだらだら流れる。

昨夜の苦労は二度と思い出したくもない。暗い山中を四つん這いで探りつつ進んではごろごろと転がり落ちること幾たび、狂雲はひとりはるか前方を行くばかり、さあ起き上がれと手のひとつも差し伸べてくれなかった。最初の一、二度こそ、あんな態度もさぞかし急ぐゆえと思って転ぶことも厭わなかったが、幾度も繰り返すうちに忌々しく恨めしい心持ちになった。夜の白むころには意地になって狂雲の踵を幾度となく踏みつけんばかりにぴったり付き従って歩いた。太陽が真上にくるまで歩いてようやく目的地だった。妊婦に成りすまして武器を隠し持った身では息をつくのも大ごとで、汽車に乗り遅れまいとその格好で腹を抱えてどたばた走りさえした。

これだけやれば大活躍だ、違うか。

活躍も糸瓜《へちま》もあるもんか、御不浄に行きたくて堪らんわ。

もう少し我慢されよ。汽車に乗ればすぐだから。

今すぐ便所に行くことを許されたとしても、それは無理な気がする。本当に赤ん坊でも身籠ったように体が重くてわずかな身動きにすら難儀する。

こんな変装まですることですか。どうせ幾人かで動くのなら少しずつ分け持って、ねえ。昨夜《ゆうべ》みたいに峠を越えて戻ってくればいいんじゃないの。この前のトラックはどうしたんですか。


わかっとらんな。これほどの品を人目につかずに運ぶのはきわめて危険なことなのだ。

狂雲は真顔になって答える。

時間に合わせようと車を使って検問にでも引っかかったらどうする。汽車に乗ったとしても荷物検査は随時ある。夫人の言われるとおり複数の者が少しずつ分け持って山越えするなら、そうだな、これだけの分量なら六、七人は必要だろう。山越えなら安全か。幾人もの男が風呂敷包みを担いで道なき山中を行くのが人目につかないか。車で行くよりは安心だろうが、山越えで行くのにかかる時間や人員はどうか。

周龍は狂雲の話を聞きながら胸の内で勘定してみる。こんなこと初めての自分にとっては今のやり方こそ荒唐無稽で人目につきそうに思えるが、これがむしろ時間も人員も最小限のやり方というわけだ。

幾人もの男が命を懸けるべき仕事が、夫人のお陰でここまで容易になったということだ。そのことばに周龍は誇らしさと気恥ずかしさとを同時に覚える。狂雲の言うとおり、これだけやれば大活躍だと思うと誇らしい一方で、夫について独立運動をすると張り切っておきながら、いざこれまでより危険な任務を担わされたとたん臆病風を吹かせて弱音を吐いたのが恥ずかしくなる。

話はこれくらいにしよう。せっかく満州人の格好をしたのに朝鮮語で話しているのを見咎《とが》められたら、そのときこそ身体検査は免れまい。

狂雲は耳元でそう囁くと素知らぬ顔で狸寝入りを決め込む。狂雲の言うとおり、ふたりは詰襟の満州服を着ている。西間島《ソガンド》に移り住んで幾年にもなるが、こんな服装をしたのは初めてなので何とも落ち着かない。周龍は両手を腹の上に置き、狂雲を真似て眠ったふりをしようと努める。

ふっと眠りに落ちたのはいつごろなのか。狂雲に腕を摑まれて揺り起こされたので、周龍は浅い眠りから這い出す。耳元で狂雲が囁く。

降りるべき駅で降り損なった。

なかば残っていた眠気が一気に吹っ飛ぶのを感じる。

何に現《うつつ》を抜かして乗り越したのに気づかなかったんですか。

気づかなかったのではない。停車しなかった。汽車が停まらなかったのだよ。

狂雲の説明によると、汽車が停まらなかった理由はほぼひとつのみ。日本の警察の指示だというのだ。

どうしてそんな指示をするんですか。

わからん。前の駅でもたついていたんだが、この先の駅でお偉いさんが待っているから間に合わせねばいかんとか。

そういうこと、よくあるんですか。

たんに俺の考えだ。よくあるわけじゃなかろう。あるいは、

あるいは。

汽車に怪しい人物が乗っていると踏んで捜索を始めたが、まだ終わらんので誰も降りられぬようにするためか。

背筋にぞっと寒気が走る。周龍は恐れ慄《おのの》いて視線を腹へと向ける。

どうすればいいんです。

しばらく……考えを。

周龍は辺りを見回す。連れと悟られないよう目を合わせず前後に座っている同志も、見るからに不安そうな様子だ。貧乏揺すりをしたり両手を組んだり解《ほど》いたりして。周龍の視線はまた自分の腹に注がれる。臨月に見えるが、己の肉体の膨らみではない偽りの腹。

ふとある閃きが周龍の脳裏に灯る。

ああ……あ……。

周龍は腹を覆った布を摑んで呻き声を漏らす。狂雲は目を丸くしたがすぐに周龍の意図を察したように中国語で何やら大声を上げる。周龍は狂雲の声をも掻き消さんばかりにさらに大きく呻く。

うう！　うーん！

満州のことばをまるで話せない周龍にしてみれば、呻き声や悲鳴なら外国語の必要はないという事実が幸いに思える。やがて誰かが別の客車に行って警官を連れてくる。袖に日の丸を付けた日本の警官だ。狂雲の推測どおり捜索中だったようだ。

騒ぎはおいそれとは収まらない。警官が周囲の乗客を幾人か立たせて別の車両に向かわせる。車内に医者がいるかどうか探させるらしい。そんなことをしてこの腹が偽物だとばれたらどうしよう。品物が押収されるのはもちろん、連行されてあらゆる苦しみを嘗めることになる。無事降りられるだろうか。いや、それは二の次で、とにかく早く御不浄に行きたいのに。周龍は激しい尿意を覚える。身軽な格好をしていたなら足をばたつかせたいほどの尿意を。

おしっこ？

周龍は目をぎゅっと瞑《つぶ》り、呻き声とともに小便をする。

どうか騙されて。どうか。

周龍は狂雲の袖を引っ張って足元を指し示す。困った様子で警官と周龍とを代わる代わる見ていた狂雲は、ひどく驚いた表情になったかと思うと警官に指を突きつける。大胆な行動だが、周龍にはそんなことに構っている余裕がない。

臭いのせいで破水ではなく小便だとばれたらどうしよう。

恥じらいで顔を赤らめた周龍の目に涙が浮かぶ。何ごとかと首を伸ばしてこちらを見ていた人々が一斉に目をそらす。車内がしんとする。どうしていいかわからずにいた警官もその場を離れる。

やがてようやく列車が停まる。

茫漠たる草原だ。

体が重く、股座《またぐら》が不快で歩くこともままならない周龍を、狂雲が支えながら降ろす。前後の席にいた男たちは、連れではないふうを装ってそのまま汽車に乗っていく。

汽車は去り、強い風を起こして周龍の濡れた股座に吹き込む。狂雲は背を向けて周龍が下着を脱ぐのを待つ。周龍は服を着替えると黙って先に歩きだす。ずいぶんしてから狂雲が周龍に追いつく。

何と礼を言えばよいものやら。

何も仰らないで。

大きな借りを作った。

いいえ。

駅まで行けば同志が迎えに来ているはずだ。駅までは……。

ごたごた言わずに行きましょ。

同志諸君！　早くも明日が決行の日である。

三〇人あまりの男たちを集めて円陣を作り、白狂雲が声を張り上げる。

同志諸君の半数は我が統義府に身を投じて初の活躍を繰り広げるのである。あらかじめお祝い申し上げる。

拍手しようとする者たちを制して狂雲が話を続ける。拍手しようとしていた者には全斌もいる。周龍はきまり悪そうな全斌を同情の目で見つめる。全斌は向かい側に立っている。白将軍の右隣に立つ周龍が正面に見える位置に。

明日の奇襲に先立ってすでに大きな功を立てた同志がいる。

狂雲は周龍の背を押す。周龍はわれ知らず円陣の中に一歩進み出る。

同志諸君の使う武器の輸送に貢献してくれた姜周龍同志です。

そう言ってからまず狂雲が手を叩きはじめる。顔を見合わせていた男たちがひとり、ふたりと後について拍手する。周龍は何かがはちきれそうな感じがして俯く。背後から狂雲の小さな声が聞こえる。

顔を上げたまえ。

周龍は背筋を伸ばす。全斌の顔が見える。誇らしそうでもあり、羨ましそうでもある。周龍がこれまで見たことのない表情だ。周龍は全斌のその顔に妙な喜びを覚えつつも、失禁したことを思い出すと顔を赤らめてしまう。拍手が鳴りやんだのを合図に、周龍は一歩引き下がる。

狂雲は続いて作戦の指示をこと細かに伝え、円陣を後にする。日の暮れるのを待って目的地の日心社事務所付近に潜伏し、日没の直前に武装して一気に雪崩《なだれ》込む作戦だ。周龍は全斌の手を取ってふたりで掘った雪洞に帰っていく。

いつも抱き合って腕枕をしてくれた全斌が、今日は寝返りを打って背を向ける。周龍は変だと思って全斌の背中をくすぐる。全斌は身じろぎもしない。

あたしのいないあいだに何かあったのね。

何でもない。

じゃあ、どうしてそんな態度を。

全斌はうーん、と言ってからおずおずと口を開く。

ぬしと白将軍と昼間あれだったそうだが。

あれって何のこと。

周龍は全斌の背中をまさぐっていた手を止める。粗相した件がもう噂になってるのか。白のやつ、そんなに口の軽い男だったのか。

夫婦に成りすましたと。

うはっ、あんたも妬むってことあるんだ。周龍は笑いを堪えて全斌を後ろから抱きしめる。そんなの何の意味があるっていうの。本当の旦那さまはここにいるじゃないの。

全斌が周龍のほうに向き直る。周龍は自分の顔を包み込む全斌の大きくて冷たい手に胸が痺れてくるのを感じる。

わからぬ。ぬしが功を立てたことは嬉しく満ち足りた思いだが、なぜか自分が取るに足らぬ者になったような気がしてならないのだ。

周龍もまた告白したい。あなたが他の同志と調査活動やら何やらであたしを置いて村に降りていくたびに、あたしもそういう気持ちだったんだと。役立たずの気分がどんなか、あたしもよく知ってると。けれど正直に言ってしまうと本当に役立たずになりそうな気がする。あなたなしで何もできない人間だと認めることになってしまいそう。周龍はそんな人間になりたくない。全斌が自分なしでは生きていけない人間ならいいのにという利己的な欲望とは裏腹に。そこで周龍は思いとは別のことを言う。

あたしの立てた功は旦那さまの功だよ。

全斌は、何を言う、と笑いながらもそのことばが満更嫌そうでもない。

旦那さまに従って独立軍に加わらなかったなら、何の功を立てられたと思う。だからあたしの功は旦那さまの功だ。そうでしょ。

最初に言いたかったこととはまったく違うが、それもまた本音だ。周龍には功を独り占めして名を馳せたいという気持ちはない。全斌がいつか言っていたように、周龍が独立を願うのは愛する者のためだ。

あなたが好きだから、あなたを独立した国に住まわせたい、という思い。

5

震えてるね。

震えずに我慢できるか、この真冬に。

周龍《ジュリョン》はわざと素っ気なく言い返し、全斌《ジョンビン》はそんな周龍の肩を抱く。寒くて震えているというのはただの強がりだったが、抱かれているのが嬉しくて周龍はじっと口を噤む。

足が痺れて堪らないな。

我慢我慢。先輩からどやされるよ。

早朝から日没近くまで丸一日、身を潜めて日心社事務所とやらを見守っている。ここ数日間、全斌と同志たちが足を棒にして歩き回って調査したという、まさにその場所だ。

報告によると、日心社というのは皇国臣民の心を持たんとの意を込めての命名だという。

朝鮮人の商工協会だが、日本軍と満州に進出した日本企業との橋渡しをして資金洗浄の便宜を図ったり、満州に移住してきた同胞を相手に高利貸しをしたりして不正に蓄財してきた親日団体とのこと。表面上も機能上も、富裕層の爺さん連中が囲碁を打ったり女性を呼んで酒盛りしたりする、社交クラブのようなところだ。だが会員たちはたんに遊ぶために会館に通っているのではない。金庫が無事か監視し、互いを牽制するために日々ここを訪れているのだ。今日の目標はその金庫を破ること。

って、それ……強盗じゃないの。

前夜、周龍はふと思ったままをつい口に出してしまい、厳しい視線に晒された。いやしくも独立軍の正義の活動を強盗に例えるとは、という非難に満ちた眼差し。全斌からさえ脇腹をそっとつつかれたのがやりきれなくて周龍は唇を尖らせた。

夫人もひとつお持ちなさい。

周龍が震えているのは生まれてはじめて本物の拳銃を手にしたからだ。腹に隠して移動したときもどぎまぎするのは一緒だったが、手に取ってみるとよけい脂汗が出る。いざ引鉄《ひきがね》を引く瞬間はこない確率が高い。それゆえ周龍にも経験のためにも銃を一丁持たせたのだろう。どうせ使うことはないから、負担に思わずにただ手に馴染ませておけ、と。

それでも全隊員に銃を持たせたのは、調査だけでは嗅ぎつけなかった警報装置などが作動して中国の警察や日本軍が出動するような状況に備えてのことだ。そんなことにならないようにと誰よりも願っているのが周龍だ。たしかに撃ち方は習ったが、いざ撃つべきときになったらへまでもして事を台無しにするのではないかと怖気づく。

報告では、武装した警備隊員が二、三人常駐しているらしいが、それくらい制圧するなど他愛もないことだ。やれやれ、守銭奴め。そんなに銭が大事なら警備員を増やせばいいものを。雇う金惜しさに全財産を奪われるなど思いも寄らないか。周龍は役にも立たない他人の金の使い途を案じて待機中の退屈を紛らわせた。寒いうえに終日腰を下ろしていたため体がこわばって、いざ攻撃開始命令が下されたら膝が伸びるかわからないな、などと気を揉みつつ。

満州の冬の夜は奇襲のごとく訪れる。日の暮れるあたりからすでに通行人は見当たらないが、すっかり暗くなってから行動開始だ。歴戦の士と呼ぶに値する五人が先発隊として突入し、あとの隊員も幾人かごとに次々突入する。先発隊は半鐘を鳴らして警備員をおびき寄せるとさっさと制圧し、合図を送って新人隊員を呼ぶ。周龍は痺れた足を引きずりながらやっとの思いで全斌の後についていく。経験を積んだ別の七人が外に残って援護を担当する。狂雲《クァンウン》は戦利品を運ぶトラックを時を見計らって運転してくることになっている。

地下一階、地上二階建ての建物だ。周龍は全斌の後について進みながら、手際よく縛り上げられた警備隊員を横目で見る。周龍の属する新人だけの班は一階の事務所を、先発隊は二階を、混合班は地下室を捜索することにする。

一階の事務所は広々として豪華だ。事務机三台に鉄製のキャビネット一〇台あまり、六、七人がぐるりと座れる革張りの長椅子一式が置かれている。隊員たちは鍵のかかったキャビネットの扉を鉄梃子《かなてこ》でこじ開けて中身を手当たり次第袋に入れる。借用証書を盗み出して焼き払うのも計画の一部だ。周龍は机を担当する。抽斗《ひきだし》を抜いて中身を袋にぶちまける。象牙や翡翠の高級な印章ががらがらと音を立てて袋に収まる。いちばん下の抽斗から何やら重たいものが出てきたので、よく見ると握り拳大の黄金の蟇蛙だ。銭、銭、銭、罰当たりなほどしこたまあるもんだ。周龍は毒づきながら奥の机を攫《さら》いにかかる。机の下に小柄な老人がひとり、縮こまって隠れている。一瞬、頭の中が真っ白になる。

お、おまえら、何者だ。

老人は蛇が舌をちょろちょろさせるみたいに嗄《しゃが》れ声で言う。周龍にしか聞こえないほど小さな声だ。周龍は袋と一緒に持っていた拳銃を握り直そうとしてもたつく。その隙に老人は向かいの壁に掛かっていた日本刀を掠め取って鞘から引き抜く。年寄りとは思えない身の軽さだ。銃か刀かといえば銃のほうに軍配が上がるのが常識だろうが、長い抜き身を構えた老人を目の前にして周龍は腰が引けている。

新人隊員のひとりが事の成り行きに気づき、銃を構えて駆けつける。間近で財産が強奪されるのを目の当たりにした老人は捨て身の覚悟だ。老人は必死の形相で抜き身を振り上げる。血走った両の目のあいだを稲妻のごとく振り下ろされる刃《やいば》が不思議なほどゆっくり見えるが、体がこわばって躱《かわ》すことも防ぐこともできない。切っ先の描く弧を放心状態で眺めていた周龍の鼻先で火花が散る。金属のぶつかり合う音が鋭く響く。駆けつけた仲間が銃で老人の刀を受け止めたのだ。全斌をはじめ新人隊員たちはそこではじめて騒ぎに気づき、周龍のほうを見る。みな銃を置いてキャビネットを攫っていたところだったので、慌てて右往左往する。

撃つんだ、早く。

振り下ろされた刀を銃で必死に食い止めながら、仲間は周龍に向かって喘ぐように言う。周龍は銃を構えたものの引鉄が引けない。刀は徐々に滑り、腕と肩に食い込む。周龍は思わず目を瞑る。

銃声が響く。

周龍は目を開ける。引鉄を引いていないのに銃声が鳴るとは。

戸口にベテラン隊員の鄭《チョン》が立っている。銃口から煙が立ちのぼる。老人は床に突っ伏したまま幾度かひくついたが、やがて動かなくなる。小柄な体が身悶えすると股座《またぐら》から小便が一筋漏れ出す。溢れ出す老人の血と混じり合う。周龍は何とも言い知れぬ複雑な思いで、広がる液体を避けるように後ずさりする。鄭は一点の動揺も滲まぬ顔で言う。

早く戻りましょう。

玄関前に狂雲のトラックが横付けしてある。ぎっしり詰め込んだ袋と地下室から運び出した金庫を荷台に積み、傷ついた仲間を乗せて車はただちに出発する。残った隊員は当初の指示どおり散り散りに走り去る。できるだけ遠くまで逃げ、二時間以内に再集結することになっている。周龍は辺りを見回し、全斌を追って走る。全斌の俊足にはとても追いつけない。

雪が降る。胸が張り裂けそうだ。


地理に暗い周龍は迷い迷って最後に集結地に到着する。誰が咎め立てするでもないが、どこか冷え冷えした空気を周龍は感じぬふりができない。

今日の作戦は大成功だった。同志諸君、ご苦労であった。

狂雲が緻密な事前調査と作戦の構成、実行力などを褒め称えて拍手を求める。一緒に手を叩きながらも周龍は自責の念と恥ずかしさとで火照ってくる顔を伏せる。

新たに合流した同志諸君は多少のしくじりがあろうとも気にせぬように。しくじりなど往々ありうること、作戦が成功したのだからそれでよし。たとえ作戦が失敗に終わろうと己の責と思うなかれ。作戦全体に響くほど大きな失策は上官のしでかすこと。新人の同志にそこまで重い任務を与えたりするものか。

自分が言われているように思えて周龍はさらに深く項垂れる。狂雲は肩透かしを食ったような面持ちでひとこと付け加える。

笑いを取るつもりで言ったのに、誰も笑わんな。

隊員たちは互いに顔色を窺いながら、あからさまな作り笑いをする。やがて傍らの仲間が作り笑いをするさまが可笑しくて、互いに指差しながら腹を抱えて本気で笑いだす。

ぬしよ。

一同が笑っているうちに離れたところにいた全斌が周龍の傍らにきて囁く。

今日は疲れたろう。

旦那さまのほうがお疲れだ。

全斌は辺りの隊員を見回すと遠慮がちに周龍の手を取る。

白将軍の仰るとおり今日のことで思い煩《わずら》うなよ。

あたし気にしてない。くよくよする性《たち》じゃないし。

周龍の答えを聞いて全斌は目を輝かせ、いっそう強く腕を絡めてくる。

確信したよ。ぬしとともに旅立ってきてよかった。ふたりで力を合わせれば独立もずっと早く訪れるだろう。これからも活躍を続けて早く独立した祖国に行きたいものだ。ぬしの故郷も見てみたい。

周龍は頷きながらもなお複雑な胸の内をどうすることもできない。見目麗しい夫の喜ぶ姿は惚れ惚れするが、悪徳富豪の親日団体を襲撃して見せしめにすることが独立のいかなる助けになるのかがうまく思い描けない。奪った物資を軍資金に使うのか幾人かで山分けにするのかは上の者の胸三寸だろうが、この頭では理解できぬことだ。

それでもあんたが笑うからあたしも嬉しい。

そう思って周龍は全斌の髪を撫でつける。

姜《カン》同志、ちょっといいかな。

狂雲の呼び出しだ。周龍も全斌も戸惑って狂雲を見つめる。また何ごとか用事だろうか。もう一度妊婦の役割でもさせようというのか。

狂雲は隊員たちから少し離れたところに周龍を連れていき、思うところを尋ねる。狂雲の不在中に隊長代行を務める鄭から、今日の周龍の失態について報告を受けたようだ。

あたしにはわかりません。悪人だって話は幾度も聞きましたが、目の前の人をこの手で撃つ段になったら胸が震えてこっちが死んじまうかと思いました。

狂雲は静かに周龍のことばを聞く。

あの爺さん、銃で撃たれておしっこ漏らしてた。撃たれる前に漏らしたのか撃たれたときに漏らしたのかわかりません。ただ、ああ、これは人なんだ、鬼や物の怪や化け物じゃない人なんだって思いました。さっきまであたしと同じだったんだって。

周龍は徐々に憔悴し、消え入りそうな声になる。

女だからそうなんか……女はしょうもないんか……ただ前みたいに釜の蓋でも開け閉めして満足してりゃいいんか。

狂雲は真顔になって周龍の肩を摑む。

自分からそんなふうに思っちゃいかん。みずからおさんどんと名乗ればおさんどん扱いされ、独立軍として振る舞えば独立軍として扱われるものよ。

そのことばに周龍は唐突に怒りを覚える。

同志とか言いながら、最初はあたしのことおさんどん扱いした人もいたじゃありませんか。

狂雲はひとしきり答えない。周龍もいたずらにむかっ腹を立てたことが気まずくなって口を噤む。しばらくして狂雲が口を開く。

己の行いが我が民族にとっていかなる意味があるのか思い描けないなら、己の同志、身近な者のことをまず思い浮かべたまえ。

周龍は自分のために傷ついた仲間のことを思う。周龍がすぐに引鉄を引いていたなら傷つかずに済んだ仲間。彼が怪我したのは自分が傷つくことを恐れずに周龍を助けようと割って入ったせいだ。だがそれは周龍を自分より劣った存在だと思うからではなく、狂雲の言うように己の同志たる周龍の身を案じたからだ。

みんなが心底あたしのことを同志と思うなら、あたしも喜んでこの命を擲《なげう》ちますとも。

周龍はそう答える代わりにただ頷いてみせる。頭の中で怒号を上げる数々の疑問はそのままだが、みだりにそれを口にしてはいけないと思うと、かえって頭と胸が冷え冷えとしてくる。

白将軍殿は何と仰った。

雪洞に戻って横になると、先に休んでいた全斌が尋ねる。周龍はうっすら微笑み、答えない。

それからは周龍は援護班として残ることを希望する。周龍の申し出に反対する者は特にいない。周龍の意思を尊重してであれ、現場で役に立たないと思われたからであれ、周龍は気にしない。

最初の作戦を狂雲があそこまで褒めそやしたのは、それが本当に大成功だったからだということに、やがて全斌や周龍をはじめ新人隊員たちは気づいていく。似たような作戦を立て続けに遂行していくなか、時には痛手を負い、少数の日本兵に射殺されることもある。

季節が二度変わるあいだに三〇人あまりいた隊員は二〇人ほどに減る。深手を負って活動を続けられない者、命を落とした者に加え、逃亡した者も少なくない。厳しい冬を野外で耐え抜き、春を迎えて妻子のことを思い出し、遊ばせてある田畑のことが目に浮かんで部隊を離れる者たちを引き留めるわけにもいかない。とはいえまるっきり僻《ひが》まないわけでもない。部隊の士気は死傷者の出たときより逃亡者の出たときのほうが下がる。

最初の作戦のころは純然たる憂国の志に加えて少年らしい冒険心に胸膨らませていた全斌でさえ、日を追うごとに目の輝きが失せていった。そもそも夫に付き従ってきた道、さしたる期待も抱いていなかった周龍だからこそ、むしろ初心を失わずにいるのだ。

狂雲は東奔西走の忙しいさなかでも、全斌と周龍の属する第一大隊第二中隊に格別の愛情を注いでいるように見える。とりわけ周龍への態度はことさら目立つものがある。任務の前後にはその都度呼びつけて面談し、任務の最中に手抜かりがあれば激励し、些細な手柄でも目に留まれば隊員たちの前で称賛を惜しまない。当初は狂雲のそうした関心を迷惑で負担に感じていた周龍も、次第に狂雲を頼るようになった。物分かりの悪い男たちと過ごしていて我慢の限界まで募っていた不平不満が、狂雲と話すときだけはすっきり解消するような気がする。狂雲が実生活では一度も持ったことのない兄のごとき存在に思え、狂雲は自分のことを気掛かりの種くらいに思っているはずだ。落伍していく隊員にまでひとしお目を配り世話を焼くのは、狂雲が有徳の将であることの証だ。つねづね言っているとおり、女たちの活躍が大事だという考えもまた、周龍に目をかける所以なのだろう。

他の隊員たちの考えは違うようだった。

隊員たちの大半が西間島《ソガンド》出身だが、中には遠く朝鮮で暮らしていた者もいる。そういう者が地元を拠点に活動する部隊ではなく、あえて遠路はるばる西間島の統義府までやってきて独立軍に身を投じるのは、蔡燦《チェチャン》こと白狂雲将軍に憧れ、尊敬の念を抱いているからだ。全斌もそうだ。初対面でトラックに乗って部隊に合流した日、トラックの運転手がかの白将軍だと知ってひどく驚き感激した全斌の顔は、今なお周龍の瞼に鮮やかに残っている。

役立たずの女隊員が己の尊敬する将軍の関心を独り占めしているのは、たしかに面白くなかろう。その気持ちもわからないではない。だが周龍が狂雲に呼び出されるたびに陰でこそこそ話したりくすくす笑ったりするのは、礼を失しているのではないか。そこまでは目を瞑ってもいい。問題は全斌がそうした口慰みを聞き流せない点だ。

周龍もまた、生涯かけて親きょうだいに孝を尽くし夫に仕えることが女の最高の徳目と教えられてきた昔気質の女。おおっぴらに周龍と狂雲の仲をあげつらうのは周龍の名誉を汚すばかりか、その傍らでしっかり目を見開いてすべてを見ている夫、全斌を木偶《でく》の棒扱いすることだ。同志だといいながら陰でひそひそ話しているのを周龍も知らないわけではない。自分に向けられる中傷に誰よりも敏感な周龍である。見せしめに小生意気な若造の襟首を絞め上げてやろうかと思うこともあるが、いやいやとかぶりを振るのは、この心持ちをこれっぽっちも知らぬ全斌のためだ。仲間と殴り合いにでもなって部隊から追い出されたりしたらどうしよう。自分は急拵えの一兵卒でしかないが、自分の属する部隊は子どものままごとなどではない。それなりの軍法があり従うべき秩序がある。追放は免れても全斌の顔に泥を塗るざまには違いない。ゆえに当座は無邪気を装ってへらへら笑っているしかない。

雲行きが激しく移ろう日だ。民生の調査を終えて穀物酒の甕をいくつか差し入れにもらってきた。鄭をはじめ幾人かの隊員が出かけて雉、兎などを捕えてきても日暮れにはまだあるので、肉を焼き酒を酌み交わしてささやかな宴を設ける。この良き日に狂雲が不在なのは残念、周龍はそう思うが、もしやいらぬ誤解を重ねることになるのではと思い、口に出すことはしない。

酒が行き渡ると、幾人かの顔にすでに不穏な気配が滲む。悪酔いしたある隊員が自分の隣をどんどんと叩きながら周龍を呼ぶ。

姜同志、姜同志。ここにきて座れよ。

嫌よ。

周龍は笑顔で断る。酔った隊員の軽口に一同がどっと沸く。だが話はそこで終わらない。

なぜだ。将軍ほどにならんと男とはいえんか。

座は水を打ったように静まり返る。周龍はさっと立ち上がって戯言《たわごと》を放った男を殺気立った目で睨みつけ、その場を離れる。全斌が追いかけてくる。

山を下りんばかりに息を弾ませて歩く周龍の肩を全斌が摑む。周龍はその手を力いっぱい振り解いて振り返る。

放して。

はずみで全斌はひっくり返って尻もちをつく。思わずへたり込む格好になった。周龍は怒り心頭だったものの一瞬にして我に返り、済まない気持ちとばつの悪さから手で口を押さえる。

全斌は気にも留めぬように腰を下ろしたまま声をかける。

ぬしがああやって飛び出したら、同志たちはどう思うだろう。

同志が大事なの。あんたには同志のほうが大事なのね。

周龍が歯を剥いて叫ぶ声を聞いて全斌は深くため息をつく。

酔った者がちょっと戯言《ざれごと》を言ったくらいでぬしがそう出たら、隊員間の絆にひびが入ると思わぬか。

そう。旦那さまは大人よね。あんまり大人過ぎて女房が虐められても眉毛一本ぴくりともしないんだ。

それを聞いて全斌の目が吊り上がる。周龍がはじめて見る表情だ。

よくもそんなことを。先輩が陰で何て言ってるか知ってるのか。私に向かって将軍に嫁を寝取られた坊や、と。それでもぬしが白将軍に付き従うことに私が何か口を挟んだか。

驚き呆れ、息苦しさに周龍は胸を叩く。

言いたいことはそれで全部なの。

まだある。他に何と言ってるか教えてやろう。ぬしのチマの裾が広すぎて男ふたりでも足りんだろう、だと。

山裾の寒風、手で触れられるほど冷やりとした風がふたりのあいだを吹き抜けていく。

あんたはそんなこと言われても大人しくしてたのね。

周龍は沈んだ声で尋ねる。全斌の目から大粒の涙がこぼれ落ちる。

ではどうすればいい。夢に描いていた独立軍なのに。騒動を起こして部隊を追放されればぬしは気が晴れるのか。憤慨して戯言をほざく奴に銃弾でも見舞うべきだったのか。

あたしだったらそうしたはず。あたしじゃなくて旦那さまに対する侮辱なら、あたし風穴を開けてやった。

ふたりはしばし黙って互いを見つめる。ふだんだったら、もはやこの子の泣き顔が不憫で手を差し伸べて抱きしめていただろう。今日はそんな気になれない。

全斌にも口にできない苦悩があったはずだ。部隊の結束を乱すことを恐れ、自分と妻を貶《おとし》める発言を聞いても笑ってやり過ごすのは心穏やかならぬことだったろう。けれどもそれで乱れるような結束なんぞ糞喰らえだ。女ひとり、年端もゆかぬ若者ひとりを慰み物とせねば維持できぬような結束なら、そんなものはないほうが百倍ましではないか。いくらあいつらが驕り昂ぶり横柄に振る舞おうとしょせん雑魚にすぎず、白将軍のようになれないのはそのせいなのだと、あいつらはいつ気づくのか。

事を荒立ててごめん。もう戻ろう。

周龍はため息をついて心にもない謝罪を申し出る。全斌はかぶりを振る。

もううんざりだ。

周龍はわが耳を疑って全斌を見つめる。

あんた今うんざりって言ったの。

そうだ。もううんざりだ。

周龍の目からも涙が溢れそうになる。この愚か者。あんたは今、あんたのために命も捨てる覚悟の妻ではなく、あんたを慰み物くらいにしか思ってない先輩のほうを選んだんだ。あんたはそれが愛国だと思うのか。このことでひびの入ったあたしの胸はそうそう癒えないはず。

あんた、これからどうしたいっていうの。

そんな思いをぶちまけることもできないまま、周龍はただ歯を食いしばって静かに言う。

わかった。面倒は起こさないから、戻ろう。

全斌は幾度もかぶりを振ってから、周龍をまっすぐ見つめてはっきりと言う。

もう帰ってくれ。

周龍は涙でぐしょぐしょの夫の顔を呆然と見つめていたが、挨拶もなく背を向ける。

あんたが本当にそう思うなら、帰ってやる。

その足で山を下りる。

6

住んでいた村までどうやって帰ったのかわからない。

出ていったときのように肌を抉《えぐ》る寒さはなくとも、一歩踏み出すごとに胸を一片《ひとひら》ずつ削がれるような思いに夜となく昼となく泣きながら歩いた。道行く人々は、慟哭しつつ歩く周龍《ジュリョン》の姿を目にして縁起でもないと唾を吐いた。

帰れと言われたからとてすぐ立ち去らずに、裾に縋りついてでもずっと傍にいさせてくれ息苦しくて胸を叩いたり髪を掻《か》き毟《むし》ったりしながらも、全斌《ジョンビン》は休むことなく歩いた。周全斌の心情はわかるような気もするが、やはりわからなかった。龍は怒りに任せて言われるがまま飛び出してきたから、戻ってもう一度受け入れてほしいと哀願するわけにもいかなかった。すべて水に流して戻ろうにも、部隊が周龍の憶えているあの場所にずっと留まっている保証はないので、無駄足になるかもと思うとためらわれた。

遠ざかるほどに腹の虫は収まってゆき、ただ若く見目麗しい夫が自分なしであの厳しい日々をいかに乗り切れるかが案じられ、周龍はさめざめと泣いた。直前の諍いのことなどとうに忘れた。すぐに仲直りしていたならあれがずっと澱として残ったろうが、それよりはるかに、青天の霹靂のごときことを言われて立ち去った以上、あんなこと何でもないように思われた。

旦那さまが死んだわけでもないのに、ここまで泣くほどのことか。

婚家の村の入口でどちらに向かうべきか迷ってうろうろしていた周龍は、実家に戻ることに決めた。実家は婚家からさらに一五里は先の村にあった。一〇〇里を超える道のりを遠いとも思わず歩いてきたのに、たった一五里くらい問題だろうか。とても婚家の親に合わせる顔がなかったし、全斌の最後のことばは別れようという意味かもしれないという気がして、すごすご婚家に戻りたくなかった。

宵闇が迫るころになって周龍が庭先に姿を見せると、母がやりかけの仕事を放り出して駆け寄ってくる。擦り切れた着物にぼさぼさ髪の見る影もない身なりをしていても、母は一目で周龍だとわかる。

この子ったら、この親不孝娘。どこをほっつき歩いて今さらそんな形《なり》して現れて。

母は周龍の背といわず胸といわずめちゃくちゃに叩きながら泣き崩れる。周龍も一緒に泣く。痛いからではなく現実の出来事だとわかるから、夜ごと夢の間《あわい》でしか会えずにいた母が本当に自分を叩いていることがたまらなく実感できるから、涙が出る。

部屋にいた父も何ごとかと顔を覗かせ、裸足で駆け出てくる。

何があったのか、はよ話してみい。婿殿はどこに置いてひとり来たんだ。虐められでもしたんか。婿殿は家に帰っておまえひとりこっちに来たんか。

そうじゃありません。もう訊かんでください。

父は咳払いを残して引き下がり、部屋に戻る。ただそれだけが父の表現しうる思いなのだと周龍も理解しているが、切なくて涙が出る。

湯を沸かしてやる。行水を使って部屋に入りな。元気な顔をしかと見さしとくれ……。

母は周龍の顔をまさぐっていたが絶句して涙を拭う。

母ちゃん……。

なんだい。

こんな汚い形《なり》だけど、一度でいいから抱いてちょうだい。

母娘はひしと抱き合い、声を上げて泣く。女の泣く声が外に漏れては外聞が悪いとぴしゃりと言いそうなものだが、今日だけは父も何も言わない。幼い弟が泣き声を聞いて表《おもて》を見やり、姉が帰ってきたことを知って駆け寄り、つられて泣く。ああ、あたし本当に帰ってきたんだという思いに、つかのまとはいえ周龍は夫を案じる気持ちを忘れられる。

家に戻った翌日から、周龍はそもそも家を離れたことなどなかったかのようにやるべき仕事を見出しては精を出す。忙しく立ち働けば雑念の頭に兆す暇《いとま》がない。

まずは山で着ていた服やら持ち帰ったもののうち、使い途のなさそうなものを選り分けてすっかり焼き払った。はじめて西間島《ソガンド》に来たとき、周龍の家族も一般的な朝鮮人家庭の例に漏れず満州の風土病にしばらく悩まされた。辺境の地を彷徨《さまよ》ううちにまた病でも得てはいまいか、どこか気づかぬところに付いた血の染みを母に見咎められはしまいかと案じられた。火をつけたとき周龍は服にまつわる諸々の顛末もすべて忘れてしまおうと心に決めた。夫のために周龍にできる、もっともささやかながら何よりも重要な実践がまさにこれなのだと考えた。口を噤むこと。

全斌とは金鉱の辺りをうろついていたことにしておいた。一山当てようという若者たちが続々と金の採掘に赴いているとの噂を耳にしていたからだ。家族の誰かが独立運動に加担したとの噂が広まりでもしたら、婚家であれ実家であれいかなる累が及ぶかわからなかった。全斌の消息についてはできるだけ口にしないようにしていたが、母がしつこく詮索するものだから物語を拵えるほかなかった。

周龍が戻ったという噂がいつ婚家の村にまで伝わったのか、一週間もしないうちに婚家から遣いの者が日参するようになる。それまでのことは水に流すから戻ってこいとの伝言を携えて。

周龍の噂が婚家に届いただけでなく、婚家の噂も周龍の家に聞こえてくる。周龍と全斌が行方をくらました日、婚家の義祖母が激昂のあまり昏倒し、人事不省に陥ったという。その身の回りの世話に姑も兄嫁も手を焼いている様子だ。気の毒だとは思うが、あの家に行ってまた虐められながら暮らす気にはとてもなれない。全斌が戻ってくるならばいざ知らず。

毎朝、夜も明けやらぬころ周龍は脂汗をかいて目を覚ます。

最後の晩、全斌は家に戻って待っていてほしいとは言わなかった。また会おうとの約束のことばさえなかった。

ただ帰ってくれとだけ言った。帰っていろと。うんざりだと。

あの蒼ざめた顔が、あの酷《むご》いことばが脳裏に焼きついて周龍の眠りは日増しに浅くなっていく。全斌は夢にも現れるし目覚めているときさえ姿を現す。周龍はやつれ、失った躰の重みと厚みのぶんだけ幻は鮮明になっていく。

そんなことも周龍は軽はずみには口にしない。

いつものように秋は足早にやってくる。その秋も短い。ひたすら冬が猛威を振るう。冬場、周龍の一家は家族揃って勝手間の竈の傍《そば》で横になって休む。婚家で遭った仕打ちも独立軍の部隊での出来事も、みな遠い昔話のようにおぼろげだ。見目麗しく可愛く愛おしかった夫の顔も、今では夢まぼろしに思える。

早春になっても全斌の便りは聞かれない。西間島の長い冬が厳しいのは昨日今日始まったことではないから、それくらい何ともない。いつもどおり苛烈な日々を日一日と耐えるうちに、いよいよ春の訪れだと感じるだけだ。

待ち侘びる思いを捨ててこそ待つことができる。周龍はそんな思いで踏ん張る。

いつものように夕刻の、ちょうど陽が傾いて薄暗くなったころ、思いがけず便りが舞い込む。勝手口の戸を叩いたのは他ならぬ呉《オ》だ。全斌と同郷で先に統義府に身を投じていたあの呉である。その顔に差すひやりとした気配を読み取る前から、周龍は呉が悪い知らせを携えてきたのだと直感する。

全斌が危篤です。

何かあったのか、これまで元気だったのかと、形ばかりの挨拶すら交わす暇《いとま》もなく呉のほうから切り出す。見知らぬ男がいきなり勝手口の戸を開けたので身を竦めていた他の家族も、全斌の名を聞いて状況を呑み込む。

危篤って、どうして……どこがどう危篤だっていうんですか。

奥さんにぜひともおいで願わねばなりません。

今どこにいるんです。村に戻ったんですか。

柳河県《ユハ9》にいます。

柳河県といえば、ここから一〇〇里も行かねばならぬところだ。真っ青になって唖然としている家族の顔を見渡すと、周龍は立ち上がる。

すぐに支度します。お連れください。

取るものも取りあえず出立し、地面のすっかり凍てついた山中を久しく跋渉《ばっしょう》して辿り着いた一〇〇里の道、ふたたび一〇〇里を戻らねばならない呉の疲労を慮る周龍である。

お疲れでしょうに、面目ありません。

いいえ。来るときは荷車に乗せてもらってじきに着きました。

松の小枝に点る火に呉の顔がひらりと照らされる。憂い深きその顔を見て周龍は夫の安否をさらに尋ねたい気持ちを引っ込める。つらい道のりも、山の獣への恐怖も忘れる。ただ道が暗くて同じところをぐるぐる回っているような無力感が怖い。

明け方、周龍は呉に連れられてようやく柳河県という道標の前を過ぎる。

道標を過ぎてさらに五里ほど行くと、人里離れたところに柴垣すらない小さな一軒家が現れる。呉は足早にその中へと入っていく。周龍はしばらくぐずぐずしていたが、思い切って呉の後に続く。

ほら、全斌。奥さんが、姜《カン》同志がいらしたぞ。しっかりしろ。

部屋には呉と周龍のくる前からふたりの人物がいた。ひとりは家の主《あるじ》と思しき、周龍のはじめて見る男。もうひとりは呉の言うとおり全斌だ。

夢に焦がれていた夫が、白目を見せて苦しみながら臥せっている。その姿に胸拉《ひし》ぐ思いがして周龍はその場にへたり込んでしまう。こんなかたちでまた会おうとは思いもしなかったのだ。

旦那さま、来たよ。あたし、周龍。目を開けてごらんよ。

周龍は全斌の襟元を摑んだり腕を摩《さす》ったりしながら声をかける。家の主が周龍を押し留める。

息も絶え絶えの病人をそんなに揺すってどうなさる。

主の言うとおり、全斌は息も浅く喘いでいる。なにゆえこんなことになったのか、いったい何の病なのか、年若き夫がこんなざまになるまであなたたちは何をしていたのか、問い詰めたいことがいくらでも頭に浮かぶが、周龍は歯を食いしばって堪える。涙は夫が病を振り払った後で流しても遅くはない。他のあらゆる疑問を押し殺して周龍はかろうじて言う。

ご飯は……ご飯はちゃんと食べられてますか。

床《とこ》に起き上がらして重湯を食べさすんですが、むせてしまいそうで多くは無理です。

呉が答える。周龍は袂《たもと》から短刀を取り出す。万一に備えていつでも抜けるよう用心深く袂に忍ばせておいたのだ。だがこの短刀を忍ばせたとき、周龍の念頭にこうした状況はなかった。そう思うと苦笑が漏れる。

周龍は短刀を鞘から抜く。刃物とは名ばかりで研いでいないため切るには力が要る。呻き声が漏れぬよう堪えつつゆっくりと刀を引く。左手の薬指からつーっと血が滴る。周龍が何をもぞもぞやっているのかわからずにいた主と呉は血を見て驚き、短刀を取り上げる。

お放しください。

何をなさるんですか。いくらおつらいからといって。

いいから、お放しくださいってば。

周龍は押し留めようとする手を力いっぱい振り解く。血の雫がぽたぽたとこぼれる。大事な血を無駄にしないように右手で受け止めながら夫の口元へと運ぶ。薬指を全斌の口に含ませる。全斌はうまく血を飲み込めず唇から溢れ出る。

周龍は全斌の顎に手を添える。こわばって開かない唇の両端を、口に含ませたままの薬指でそっと押し開きながらさらに深く指を差し込む。外に溢れた血を拭う。血はもう唇から外にはこぼれない。

飲んでる。飲んでるぞ。

主が両手を膝の前について背を丸め、全斌の顔を窺いながら幾度となく叫ぶ。飲んでる、飲んでる。周龍には、そのことばははるか彼方から、あるいは壁を隔てた表から聞こえてくる声にも等しい。周龍の全神経は血の滴る指に注がれている。この人はまだ生きてるんだ。口の中はまだあったかい。指の裂け目はその温もりをいっそう鋭敏に感じ取る。やがて周龍はそれとは違った変化に気づく。全斌の喉が大きく動き、指を吸う力が感じられるのだ。

旦那さま、旦那さま！　気がついたのね。

指を口に含ませたままなので大きく身動きすることはできず声を張り上げるしかないが、周龍は呼ぶ。薄目を開けて白目のみが天井を向いていた全斌の目が幾度かしばたたいたかと思うとついに開く。その眼差しは冴え冴えとまではいかないが、病人を囲んでいた者を喜ばせるにはじゅうぶんだ。

ぬし。

周龍の指を口に含んだまま全斌が呟く。周龍はさっと手を退《の》ける。まだ血の出ている左手を右手で包み込む。

ああ、生き返った、生き返った。

全斌、俺がわかるか。奥さんがおまえを生き返らせてくれたぞ。奥さんが生き返らせたんだ。

主と呉はおおげさに喜ぶ。周龍はただ手を押さえたまま枕元に座っている。

ぬし、なにゆえ……怪我したのか。

全斌の視線が周龍の血の滴る指を追う。たちまち部屋は静まり返る。主は火を熾すといって、呉は他の者たちに全斌のことを伝えるといって部屋を出る。とうとう部屋は全斌と周龍だけになる。

どうして来た。

歩いて来た。

誰がそんなことを訊くか。

ようやく意識を取り戻した病人なのに全斌はかすかに笑い声をたてる。笑うのか。この状況で笑うとは。

あたしのほうが訊きたいよ。

何を訊く。

こんなことになると思ってあたしをひとり帰したの。

全斌は無言だ。周龍は夫の口に含ませていた指を自分の口に含む。まだ乾かぬ血を舐めつつ声を殺して泣く。


呉は馬を借りて遠くまで行ったという。主だけがときおりやってきて全斌と周龍の世話をする。春浅きゆえ食べるものもなくて済まぬといって馬鈴薯の蒸したのを置いていったのを最後に、主もしばらく戻ってこない。

周龍は馬鈴薯が冷めるのを通り越してまた固くなってもそのままだ。神経が高ぶって食欲がない。全斌がうとうと眠りに落ちるたびにまた意識を失うのではないかと恐れる一方で、眠ったほうが回復につながると思っていたずらに手を出せない。それから用を足しに席を立ち、火を熾して夫の体を拭く湯を沸かし、衣服をきれいに整えてやる。そんなことが、生きていて、生きるためにする営みの諸々が夫の顔を見るたびに何もかも罪に思える。

山裾の家ゆえ日没は早い。すやすやと寝息を立てて眠っていた全斌がふと、いつ眠っていたのかと思えるほどけろりとした様子で長く話す。

私がこうして横になり、ぬしがそこに座っているから、祝言の日のことを思い出すな。

座ったまましばしまどろんでいた周龍はその声に目を覚ます。

そんなこと思い出したの。

あのときはぬしが横になり私が座っていて、ぬしがしきりに夜具に誘ったのだ。

そうだったね。

ここにおいで。

嫌。

なぜだ。夫が幼くて嫌か。

いえ。

不細工だから嫌か。

不細工だなんて嘘ばっか。

ならばここにお入り。

周龍はチョゴリの紐を解かぬまま夜具に潜り込む。横たわる全斌が身じろぎもしないので、体の半分は中途半端に敷き布団からはみ出したまま横になるしかない。

夫婦は仰向けに並んで天井を見る。周龍は全斌のぜいぜいいう呼吸に耳を傾ける。

何を考えてるの。

周龍は夫がまた意識を失うのではないかと声をかけてみる。

何も考えておらぬ。ぬしは。

この短いひとことを言いながらも全斌の息は粗い。周龍は全斌のほうに向き直る。

あたしがあなたを……あなたが行くと言ったとき、ひとり見送ってたらこうはならなかったのかな。

なぜそんなことを。

そこいらの嫁さんみたいに大人しく家に腰を据えていい子で待ってたら……旦那さまの便りはいつ来るのって待ってるだけだったら……。

そうしていたら私の死の便りも知らずにひとり年老いていったろう。

死ぬなんて言わないで。縁起でもない。

全斌のことばにすぐさま苦言を呈したが、周龍もまた知っている。この人は治らないだろうことを。今日にせよ明日にせよ、年若き夫がこの世を後にしてしまうだろうという予感が周龍の意識に冷たく忍び込みつつある。障子紙を突き抜けて射し込む白い月の光が全斌の唇の輪郭をなぞる。月光の描いたその唇を震わせて全斌が言う。

ぬしがこんな人で私はよかったよ。

周龍はすぐには答えられない。そんなこと言わないで。すでに一度捨てた妻に、とこしえに残して逝く相手にそんな温かなことばはかけないで。連れて行かないでほしかった。優しくしないでほしかった。初夜につれなくしてほしかった、こうなるんだったら。周龍は手を差し伸べて全斌の顔を包む。

あたしも全斌があたしの旦那さまでよかった。

なんとかそう言うと周龍は異様な寂寞を感じる。粗い吐息とともに動いていた全斌の顎が止まる。部屋の中を目に見えぬ何かで掻き乱していた全斌の浅い呼吸音が途切れた。周龍はがばと身を起こして腕を摩る。脈の触れるはずのあらゆる場所に耳を当ててみる。体は温かいのに呼吸も脈もない。

月の光を頼りに周龍は風呂敷包みを探る。風呂敷の端に刺しておいた針を抜き、全斌の躰のあちこちに刺してみる。手が震えてぶすりと五分《ぶ》ほども刺さってしまい、驚いて飛び退く。全斌は針の刺さった腕をぴくりとも動かさない。それでようやく周龍は泣く泣く認める。全斌がとうとう息を引き取ったという事実を。生涯をともに過ごしたいと思っていた友をたった今失ったという事実を。

周龍は先ほど身を横たえていた夜具にまた入って眠ろうとする。全斌の躰がすっかり冷たくなる前に、その温もりをわが身に移さねばならぬと心に決める。

つい眠り込んでいたが、表の人の気配で目を覚ます。すでに夜は明けている。戸を開けると白狂雲《ペククァンウン》の指揮下にあった第二中隊でともに活動していた男たちが庭を埋めている。晴れやかな顔で近づいてくる呉を押し留め、周龍は沈んだ声で言う。

見舞いに来てくだすったんでしょうが、お弔いになってしまいました。

瞬間、一同冷水を浴びせられたかのごとく声を失う。

みなさん、お入りになってあたしの旦那さまに最期のご挨拶をなすって。

そう言いながら周龍は部屋の戸を開け放つ。部屋の中に漂いはじめていた死臭が早春の冷たい空気の中に混じっていく。

見舞いにきた隊員たちの手を借りて全斌を埋葬する。地面はまだ解けやらず初めはシャベルが刺さらないが、幾人かの男が交代で掘ると、華奢な少年ひとり埋めるにはじゅうぶんな穴がみるみるできあがる。周龍も腕まくりして少し手伝う。

棺も用意できず、急拵えで求めてきた麻布で全身を包まれた夫が穴の中に降ろされるのを周龍はまじろぎもせず見守る。できることなら穴に飛び降りて並んで横たわり、さあ、土をかけよと意地を張りたい。それも思うだけ、手足にも掌《たなごころ》にも、もはや力が入らない。目は開いているが、気を失ったも同然の気分だ。

誰かが通化《トンファ》県に向かう荷車があると聞きつけ、それに乗って戻る。途中で降ろしてもらい、一五里ほどを放心したように歩く。いつしか婚家の村に出る。

婚家の家族たちは前触れもなく現れた周龍を喜んで迎える。その喜びようを見て周龍は呆然とする。病に臥せる義祖母、ろくな働き手もおらず行き届かない家の様子。帰ってきた嫁がこれから夫の戻るまでかいがいしく立ち働いてくれるだろうとの胸算用だろう。その嫁が夫は永劫戻らぬとの便りを持ってきたことも知らずに。

まずは義祖母に挨拶せよと部屋に連れていく姑の手にすなおに引かれていく。長座布団に横たわって悪臭を放つ義祖母の前で、周龍はしばらく話を切り出すことができず逡巡する。姑が脇腹をつつく。

この子ったら何してるの。早うご挨拶なさい。

周龍は大きく息を吸うと、一気に、頽《くずお》れるがごとく、義祖母の前で跪《ひざまず》いて告げる。

旦那さまはお亡くなりになりました。

部屋の中は一瞬にして凍りつく。すでに正気を失っている義祖母にさしたる反応はなく、しばらく身動きできずにいた姑がぐにゃりとへたり込む。

おまえ、いま何と言った。

お祖母さま、下の孫息子、崔《チェ》全斌が亡くなりました。

周龍は再度言う。動悸がするのか、いつまでも左胸の辺りを摩りながら姑が問い糺す。

うちの全斌は金鉱に行ったんだろ。一山当ててくるんだろうが。

周龍がやむにやまれず拵えた作り話を姑も信じていたのだ。周龍もそうと信じたい。昨日世を去ったのは贋者、本物の夫崔全斌は金鉱にいるのだと。だが全斌の口に含ませたこの指は今もひりひり痛む。死んだあの子の傍らで眠ったこの半身は今も冷たい。死んだ全斌のことを、とても、死んでいないと言うわけにはいかない。

旦那さまは金鉱には行っていません。独立運動をしていて病を得て亡くなりました。一緒に旅立ちましたが先に戻れと言われてひとり帰ったのです。

言い終えるや否や目の前にぱっと火花が散る。姑が周龍の横っ面をひっぱたいたのだ。

どういうことだ！

容赦なく殴りつづける。周龍は姿勢を崩さない。姑の打ち据えたいがままに殴らせる。

変な考えに靡《なび》かぬよう嫁を娶ったのに、ふたりして飛び出してひとりだけ戻ってくるなぞ、理屈が通ると思うか！

血相を変えて周龍を揺さぶっていたかと思うと、姑はころりと態度を豹変させる。

違うとお言い、さあ。ただこの母が憎くて担いだんだろ。嘘なんだろ、え。

周龍は抱えていた風呂敷包みを解いて幾らもない全斌の形見を姑に見せる。ひとしきり慟哭し胸を叩いて悲しみに暮れていた姑は、不意に立ち上がると周龍の髪を鷲摑みにして庭へと引きずり出す。

このくたばり損いめ！　ぶっ殺しても飽き足らんわ！

周龍は姑の手に取り縋りながら畜生のように四つん這いで引きずられていく。途方に暮れて遠巻きにしていた兄嫁が、義母さん、どうか落ち着いてくださいと言って取りなそうとするが、目を吊り上げた姑に押し退けられてしまう。

八つ裂きにして犬に食わしてやる！　蛆虫め！

通りかかった人々も歩みを緩めて庭先をちらちら覗き込む。騒ぎを見にわざわざやってくる者もいる。周龍は少しも恥じ入ることなく集まった見物人のほうを向いて目を上げる。姑は見物人に聞かせるべく声を張り上げる。

村の衆！　この女はうちの倅を手にかけたんです。まっこと凶悪な殺人犯です。早う捕えてくだされ！

それを聞いて周龍の目に涙が滲む。

あたしが夫を殺すだなんて濡れ衣にも程がある。昨夜は夫を生き返らせたって言ってもらったのに。それが長持ちしなかったからって、あたしの罪だというのか。

やがて周龍は自責の念から首《こうべ》を垂れる。独立運動の熱に浮かされた年端もゆかぬ少年を結果的に押し留められなかったのだから、死地へと追いやったのが周龍なのは確かだ。姑はさらに金切り声で喚きたてる。

おまえ、何をそこでぼーっと突っ立ってる！　早う警察を呼んで来な！

傍らでひれ伏していた兄嫁が、姑の剣幕に熱湯を浴びせられたかのごとく身を翻して枝折戸から外へ飛び出していく。姑が頭を押せば押されるまま、引っ張れば引っ張られるまま、なすすべなく揺さぶられながら周龍の意識は遠のいていく。騒然とする見物人の視線が周龍の犯してもいない罪状を問う。

獄

狭い。

暑い。

外の季節は忘れた。

ひだるい。

鼻を衝く悪臭にもかかわらず。

拘置所は狭くて男女を分けることもなく、告発されたらまずは捕えてぶち込むものだから、房の中はさながら地獄絵図だ。ひとり出ていけばふたり入ってくる。

最初の二日ほどは話し相手でもいればと思って幾人かに声をかけてみたりした。ほとんどは中国人だったが、ひとり周龍《ジュリョン》と同年配の朝鮮人の女がいて少しは話ができそうだと思い、どうしてここに入れられたのか尋ねると、中国人の家から麦を盗んで捕まったと言った。そういうあんたはどうしたのと訊くから、殺人罪で告発されたと正直に言ったら、どうしたことかそれっきり口をきいてくれないのだった。歯痒く思ったが、食事なしで二日ほど過ごすと口をきく気力も失せるので、かえってよかったような気がした。

これからあたしはどうなるんだろう。殺人の罪を着せられて監獄に囚われるのか。ことばのまるで通じない中国の監獄に。

周龍は隣の人の体に触れないように膝を抱えて物思いに浸る。最初のうちこそ、そうだ、すべてあたしが悪かった、あたしの過ちだという思いが強かったが、よくよく考えてみると身に覚えもないのに幾年も囚われの身というのはあんまりだ。結婚して一年、独立軍で半年、実家に戻って半年。まるまる二年、足かけ三年、夫のことだけを思って生きてきたのに、どうしてこんなことになったのか。

いくらそう思っても、とても全斌《ジョンビン》を憎むなどできそうにない。

外からの光も入らず、ただ五燭の電球がひとつ点けっぱなしになっているだけ。時間の流れを推し量りうる手掛かりは看守の交代のみだ。

囚われて五日目あたりに麦泥棒の女が倒れる。近くにいた者が大きな声で不平を漏らす。ほとんど中国人なのでまず聞き取れないが、朝鮮人の話してるのを聞くと、その女がだらりと伸びているのでそれでなくても狭い空間がさらに狭くなったということらしい。死んだかどうかもわからない。周龍は驚いて早鐘を撞く胸を手で押さえて考える。次はあたしの番かもしれない。

疑いが晴れて、または本物の監獄に送られることになって歩いて出ていく者がいるかと思えば、あんなふうに倒れて担ぎ出される者も少なくなかった。中国人は必死に警官に話しかけたりして何やら窮余の策でも立てているようだったが、中国語がまるで話せない朝鮮人には妙案がなかった。構ってくれる者がいないため、囚われてから一滴の水さえもらえなかった。汗をかけば汗を舐めた。用を足すことも少なくなった。便所には壁がなく、そこに行くには幾人ものあいだを抜けて行かねばならなかった。いったん立ち上がれば居場所はなくなり、戻ることもできなかった。初めは恥ずかしくて、煩わしくて我慢したが、幾日かしたら尿意さえ催さなくなり我慢する必要がなくなった。

麦泥棒の女が担ぎ出されてからほどなく、一〇人ほどの中国人がいっぺんに放免になる。周りの話を盗み聞きしたところ、運動だか何だかにかかわって囚われていたらしい。久しぶりに膝を伸ばせる空間ができる。二人組で背中合わせに担ぎ合い腰を伸ばす者たちがいるのを見て、周龍ももぞもぞと身を起こす。膝も伸ばしきらないうちによろよろとへたりこみ、誰かの足を踏んでしまう。いきなり痛い目に遭った隣の中国人が大声で何か喚く。悪態だろうなと思いつつ周龍はもう一度身を伸ばす。一日も経たずに空いていた場所は埋まってしまう。

あまりのひもじさに吐き気がし、目がぐるぐる回る。

それがいつまでも続くこともあるし、姿勢を変えたらけろりと治まることもある。

平気でいられるのはつかのまで、じきに五臓六腑と食道がぎゅっと縮んで内側から舌が引きずり込まれるかと思われるほどの空腹を覚える。

舌が乾いて、もはや口の天井に届かない。

死ぬんだな……。

周龍は両膝のあいだに頭を埋めて考える。人の命ってこうもたやすく……さしたる造作もなく……激しい眩暈のため考えもまとまらない。そんなふうに時間がどれほど過ぎたのか知るすべもない。

ジャン・ジョウロン！

鉄格子の向こうで中国人の警官が声を張りあげる。周龍がすぐに答えずにいると幾度も繰り返し呼ぶ。ひとりの朝鮮人が苛立った様子で周龍を探す。

姜《カン》周龍って何奴《どいつ》だよ。

警官の呼ぶのが自分の名前だと気づかずぼんやりと壁を見上げてばかりいた周龍は、そう言われてがばと立ち上がる。

あ、あたし。

立ち上がった周龍を虚ろな目で見ていた者たちが尻をもぞもぞ動かして通り道を開けてくれる。足ひとつ分だけかろうじて降ろせる隙間ができ、周龍はよろめきながら前に進む。警官が扉を開きながら早口で何やら言う。どうしていいかわからず扉の前に突っ立っていると、さっき名前を教えてくれた朝鮮人がまた通訳してくれる。

もういいから帰れだとさ。

でも……殺人罪の告発だと……。

証拠が足りねえんだと。人殺ししたって証拠がない、ってさ。

まごまごした心地で警察署を出ると昼日中だ。幾日経ったのかわからない。久しぶりに見た陽射しが目を刺す。

生きてるんだ、あたし……生きてあの修羅場から出てきたんだ。

周龍はぎゅっと目を瞑る。閉じた瞼の裏を赤く染める陽の光に慣れるまでそうして立っていたが、やがてふらふらしながら歩きだし、最初に目に入った民家へと向かう。恥も外聞もなく食事を乞う。幸いなことに朝鮮人の家だったのでことばが通じる。つれない家でもなくて麦飯の握り飯をひとつ恵んでくれる。

ありがとうございます。ありがとうございます。

周龍は幾度となく頭を下げ、あたふたと握り飯をほおばる。ろくに噛みもしないまま、出もしない唾を集めて無理やり呑み込んだ麦飯を体が受け付けようはずもない。呑み込んだとたんに戻しそうになり、口を押さえる。握り飯を恵んでくれた女は、周龍の様子を見て気の毒がって瓢《ひさご》に水を汲んでくれる。袖口を濡らしながら一気に飲み干す。

這うに等しいのろのろした足取りで周龍は道を辿る。婚家が近づくほど地面がぐらぐらして盛り上がり、飛びかかってくるような錯覚に捉われて幾度も吐き気を催す。

遠目から婚家の庭先を眺めていた周龍は、兄嫁と目が合う。兄嫁ははじめ目の合った相手が周龍だとは気づかなかったが、周龍がいつまでも見つめているうちにようやく弟嫁だと思い当たる。一歩近づこうとする周龍に向かって兄嫁は激しくかぶりを振る。姑が出てきたりしてはまずいというように周囲を窺いつつ、繰り返しかぶりを振る。周龍はその顔に心労と慄《おのの》きの影が差すのを見て取る。婚家との縁はそこまでということだ。

もう恩を売ることも、恩に着ることもない。

慌てて呑み込んだ麦飯のもたれる胸を叩きながら、周龍は踵《きびす》を返す。運がなければ水を飲んでも当たって死ぬことがあるってのに、あたしはどうして死なないんだろう。水に当たって死ぬ人よりかは運がいいってことなのか。そんなことないはずだけど。

人の命ってこうも……。

獄で考えていたことが虫のごとく湧いて頭の中を這いずりまわる。とうていまとまらない考えだが振り払うこともできない。実家はそこから一五里先の村にある。

山風に行く手は遠い。

黄海《ファンヘ》10

父にはこうしたことに耐えうる度量がない。

幼いころ周龍《ジュリョン》は父親のことをそれなりに尊敬に値する人物だと思っていた。人情味に欠けるうえ娘たる自分の前でも勿体ぶるのを水臭いと思うこともあるが、誰に何と言われようと身内が大事という人間だ。父としてはそれでじゅうぶんではないか。嫁ぐ前はまだそんな考えだった。

実家に戻って過ごした半年のあいだ、周龍は自分が二〇年以上も父を見誤っていたことに徐々に気づいていった。父は身内を思うゆえではなく、大手を振って出歩くのが憚られるから謹厳実直に過ごしていたのだ。足かけ一〇年になる西間島《ソガンド》での暮らしが、父にはなお馴染めなかったのだ。父はそれほどまで頭の固い人間だった。そのくせけっこう羽振りのよかったかつての暮らしがおいそれとは忘れられぬため面子にはずいぶん拘るほうで、夫を置いて実家に舞い戻って暮らす娘のせいで後ろ指でも差されるのではと始終恐れ慄《おのの》いていた。

ああ、この人は……父親らしい役割も男としての役割もろくに果たせてないんだ。

以前だったらそんな考えはあまりに不心得でみずから諫めたいと思ったろう。だが、どうしたことか。父はつまらぬ男だという考えを振り払うことができなかった。わが身のごとく大事にしてくれる夫を得、独立運動にかかわった半年ほど実にさまざまな男たちに揉まれて過ごした周龍である。すべてが立派な男とはいえないが、少なくとも生存への執念と行動力は基本として身につけている者たち。

だから父ちゃんは……あたしの生みの親じゃなかったら、たいしてかかわり合いたくない手合いだったろうな。

その考えが正しかったことは、周龍が拘置所から戻った直後に際立ったかたちで自明のものとなった。

姜女《カンニョ》や。

おどおどと枝折戸を入る周龍を見て母は手にしていた笊《ざる》を取り落とす。

死神に取り憑かれたみたいな形《なり》をして、何てざまだ。

母はためらいも見せず周龍を抱き寄せる。周龍は母に抱き寄せられて申し訳なくもあり、煩わしくもある。こういうの初めてじゃないのに、と思う。どうして涙が出ないんだろう、体の水気が抜けて泣くこともできないらしい。母の泣き声を聞きながら周龍はそんな思いに浸る。やがてふと意識するのは、自分が母の腕の中にやすやすと収まっているという事実だ。あたし痩せたんだな。ここ幾日かで痩せてさらにみすぼらしくなったんだな。細すぎて焚き付けにもならない朽ち枝のように。

母の気の済むまで泣くのを待ち、ずいぶんしてから周龍は嗄《しゃが》れた声で尋ねる。

これ、どういうことなの。

母の肩越しに目にする庭には、幾らもない家財道具がすっかり運び出され散らかっている。

引っ越すの？

母はさらに声高に泣くばかり、答えはない。

どこに行くんです。もっと小さな家に？

この様子では引っ越すのは確かだ。そしてそれはおそらく父の発案だろう。

他所《よそ》の村に？

他の者はともかく、母だけは自分を信じてくれているだろうと周龍は思っていた。わが子が夫を手にかけるはずなどないと、万が一手にかけたとしても事情があってのことだろうと考えるのが母だ。一週間も謂れなく獄に囚われた娘が不憫で、労《いたわ》しくて涙を流す母。

父は違う。父の懸念は周龍とは関係ない。周龍であれ周龍の夫であれ父の眼中にはない。父に耐えられないのは他でもなく、世間がそれをあれこれ取り沙汰すること。それが事実であろうとなかろうと、外聞にかかわること。

だから中国の警察に捕まった娘を置き去りにして引っ越してしまおうというのは、びっくりするほど父らしい考えだ。わが子がことばも通じぬ異国の官憲のもとでいかなる苦労を嘗めようが面会ひとつしなかったのもそういうことだろうと、周龍はすでに察していた。ことさら憤慨したり悲しんだりする気にならないのは、父がそもそもそういう人間だと知っていたからだろう。そもそもそういう人間になぜそうなのかと食ってかかるのは、意味も値打ちもないことだ。

言えないなんて、どれほど遠くに行くって決めたの？　通化《トンファ》から県外に行くの？

そんなことを問うても詮ないことは周龍も承知の上だ。なんとかして母に泣き止んでもらいたいのだ。

朝鮮……。

母がかろうじて口にしたひとことに、周龍は思わず笑ってしまう。

朝鮮に戻ろうって、おまえの父ちゃんが。

西間島のどこかに移り住んだのなら、獄を出る前に引っ越したとしても人づてであれどうであれ手掛かりを辿って追い縋ることもできようが、朝鮮とは。わざと周龍を除者《のけもの》にする魂胆ではないかと思えるほど遠い道のりだ。

あたし、帰ってこなけりゃよかったんだ。

なんでそんなこと。今か今かとおまえの戻るのを待ってたんだ。

お構いなく。

母の負い目を減らしてやろうと心にもないことを言ったわけではない。本当に何でもなかった。父がいかなる人間なのか知らなかったころならば傷つきもしたろうが、今は違う。

外出していて日暮れ時分に帰宅した父は、周龍が戻っているのを知ってもあれこれ言わなかった。親の顔に泥を塗って引っ越しを決心させた娘が家に戻ったのは歓迎せざることだが、それなりに自分で考えて動ける働き手が増えたから得失半々、どうせすぐ満州の地を離れるのだから、周龍がいても損にはならない。父のそうした思惑が透けて見えたので、周龍も父に打ち解けた顔は見せなかった。

荷物を纏めていても、やがてみな絞めることになる兎の小屋に干し草を敷いていても、狗脚《いぬあし》の膳[11]に向かって匙を咥える刹那にも、悪夢の果てに目覚めて息をつきながらも、周龍は繰り返し呟く。

あたしは殺してない、あたしが殺したんじゃない。

だがときおり周龍さえも覚束なくなることがある。

あたしが殺したんじゃないのか。

あたしがあの人を死なせたんじゃないのか。

他に行く宛てがあってここに戻らなければどれほどよかったかと、ときどき思う。夫の言いつけで家に戻ってからとんと便りを耳にすることのない者たちへの思いも捨て難い。呉《オ》はどうしているのか。ともに全斌《ジョンビン》を葬った他の同志たちは。白《ペク》将軍は。

そう考えると結んだ縁はことごとく切れてしまった。何も知らぬまま、逃げるように平壌《ピョンヤン》を離れる親に連れて来られた一四のときと何ひとつ違わない。暮らしていたのは他所の家、耕していたのも他所の土地。同志と呼んでいた者たちはあたしのことなんて憶えてるんだろうか。ただ、夫を葬ったあの山だけはそのままのはず。

そんな考えから周龍は全斌への思いを手放せない。周龍が間島《カンド》で暮らしていた唯一の証《あかし》がそこに埋められている。


陸路で一〇日あまり行き、鴨緑江《アムノッカン》を渡って新義州《シニジュ》で汽車に乗る旅程だ。およそ一〇年前に来た道を遡って南下するのだ。西間島に移り住むときは母の背に負われていた弟は、はじめて味わう苦労ゆえ事あるごとに泣き言を漏らすが、大人たちも疲れ果てて我儘を聞き入れている余裕がない。

丸一日を汽車に揺られて過ごし、平壌を通り越して沙里院《サリウォン》[12]で降りる。なぜ江界《カンゲ》でも平壌でもなく沙里院なのか周龍は知りたい。だがその訳《わけ》を知ってどうするのか、知ったところで納得できない訳だったらまたどうするのか。自分ごときが。周龍は抜け殻のごとき身を抱えてよろよろと父に付き従うばかりだ。

親類縁者もなき土地ゆえ案じられたが、思いのほかとんとん拍子に家が見つかる。大家の家の野良仕事やら雑用やらを手伝いさえすれば家賃も免じてもらえるし、春が巡ってきたら土地も耕させてもらえるらしい。秋の穫り入れがすぐそこで小作するにも曖昧な時期だから渡りに船だ。隙々《ひまひま》に手間仕事をしたり縫い物をしたりすれば、家族四人なんとか口に糊していける。じきに弟も自分の食い扶持くらい稼げる年頃になるだろう。そう考えるだけで気が休まる。働けて、働いて稼いだ分で誰憚《はばか》ることなく暮らせるという考え。

家の掃除をざっと済ませて荷を解いた日、周龍は久しぶりに夢を見ることなくぐっすり眠る。


夜が明けるやいなや周龍は父と連れだって大家の家に行く。仕事があろうとなかろうと行くと申し合わせたのだ。初日はまず胡麻畑の草取りをし、白菜を束ねる。特に手先の器用さを要する仕事でもないが、手際もよく仕事が早いと褒められる周龍である。

大家の家は代々長者で地元の名家だが、近来はやや没落してこの程度なのだという。下働きの女たちが周龍に教えてくれた話だ。

女たちも大半は周龍の家と同様に大家から住まいや土地を借りている身の上だ。小作の家ごとに回り持ちで誰かひとり出して大家の家の仕事を手伝うのだという。そうやって集まった多くは周龍の母親と同年配の女たちだ。

わけもわからず出てきた父は仕事の手も滞りがちで目をぱちくりさせていたが、小昼《こびる》で一服するころに大家に呼ばれて行ってしまう。女たちの仕事に男ひとり交じってもたもたしているのもばつが悪かったろう。周龍は父に寛容になろうと思う。ともあれ父も自分の役割を今以上にしっかり果たそうと努めているはずだ。思いどおりにいかないのがあれだが。

日暮れ前に周龍は家に戻る。終日家事をこなし弟の面倒を見ながら縫い物の内職まで引き受けていた母が疲れた様子で周龍を迎える。

父ちゃんは？

周龍と母が同時に尋ね合う。母は朝方連れだって出ていった父はどうしたのかと、周龍は早々に帰ったと思っていた父がなぜ不在なのかと尋ねたのだ。父抜きで夕食の膳を囲むべきか否かとおろおろしていたが、腹が減ったとぐずる弟だけ先に食べさせる。その膳を片付けるころになってようやく父が戻ってくる。

父ちゃん！

知り合いもいないのに暗くなるまで何をしていたの。母がせかせかと迎えに立ちかけて思わず後ずさる。

あらま、お酒臭い。

どこにお足があってお酒なんか。

周龍が棘のある口調で割って入る。酔った父は平素より口数が多い。口下手なのはいつもどおりだから聞くほうはもどかしいが。酔いのせいで支離滅裂ながらも話の大筋はおよそ次のとおりだ。大家にまずは挨拶でもと呼び出されて酒を勧められたので軽く一献ご馳走になって帰るつもりだったが、話してみると平壌に暮らしていた時分に親しかった役所の書記が大家の姻戚筋だったことがわかり、まったくの他人というわけでなし、無下《むげ》に席を立つわけにもいかんと思い、ゆっくり飲んでいたらそこそこ同年配ということもあって……。

どこが他人というわけでなしですか。それにその書記とかいう御仁、うちが立ちゆかなくなって都落ちするとき一度だって手を差し伸べてくれましたか。

母が周龍の肩を摑んで押し留める。

おやめ。男の人は外で一杯ご馳走になってくることだってあるんだから、何もそんなに言い立てなくても。

父は大きく咳払いして先に部屋に入る。周龍もよくよく考えてみると言い過ぎたような気がして息を整える。父が常日ごろから酒びたりというわけでもあるまいに、久しぶりに一杯やってきたからといってここまで憤るほどのことだったろうか。父だけでも大家と親しくなっておけばいずれ余禄にありつけるかもしれないのに。

そうはいっても父を待って食事も摂り損ねた母はどうする。周龍は大家の家で出された賄いを食べてきたが、終日弟の世話に家の片付けに縫い物にと忙しく立ち働いていた母は。

どうしても父に悪かったという気にはなれず、周龍はすっかり日の落ちた庭をわけもなくうろつき、かなり経ってから部屋に入る。

朝鮮の冬が厳しいとはいえ満州のそれとは比べものにならない。沙里院に移り住んで一年目の冬、はじめて身内に病を得る者なく冬を乗り切る。

四日に一度、周龍は大家の家に行く。冬とて仕事は幾らでもある。縄を綯《な》い、菜っ葉を干し、薪を拾い集め、川面の氷を割って洗濯し、水を汲んで桶に満たし。その手間賃で食べ物を贖《あがな》い、綯った縄の切れ端を集めて草鞋を作り。

家にいる日は家事も手伝うし、母に倣って縫い物もする。僅かな額とはいえ切り詰めてせっせと貯めれば、いつかわが家も田んぼの一枚も持てるのではないか。そんな夢に胸を膨らませる。

そうしたことから父は一歩退いた格好だ。男の人なら往々そういうこともある、と咎め立てせずにいた大家との酒は夜ごと繰り返される。父ちゃんは何様のつもりだ、見も知らぬ土地に家族を連れてきたならば食い詰めんよう努めるべきじゃないのかと食ってかかっていた周龍も、今では父の怠惰を見て見ぬふりだ。父に癇癪を起こしている暇があったら、縫い物を一針でも進め水を一杯でも汲んだほうがまし、そう思う。

父の飲み友達になった大家は、それでも父よりは練れた人物と見える。他人にむかっ腹を立てたこともないようだ。衣食足りて礼節を知るというではないか。生まれてこのかた一瞬たりとも不自由を感じたことのない身の上らしいから、さもありなん。それは大家自身の努力や才能の賜物ではなかろうが、それこそ周龍とはかかわりない部分だ。その都度手間賃を払ってくれ、粗末に扱われることもないから、憎むべき謂れはない。庭で働く周龍のことを父が聞こえよがしに罵るときなど、むしろ大家が周龍の肩を持ってくれることもある。

女のくせに強情っ張りで、どんな男だって持て余すだろうさ。わが娘とはいえ、あの鼻っ柱にゃ気圧《けお》されるわい。

我慢強いし仕事も早い、しっかり者の娘さんをそんなふうに言わんとも。うちの家族にしたいくらいじゃ。

庭で雪掻きをしていた周龍はわざとしゃっしゃっと大きな音を立てて箒で掃いた。この苦労を実の父親ってのよりあの人のほうがわかってるんだ。わけもなく鼻の奥がじーんとして余計なことを考えた。全斌も大事に育てられたから、年を重ねて大人になったら大家さんみたいなやさしい気立てになったんだろうな。

全斌は……。

周龍は激しくかぶりを振って考えを軌道修正した。

あの人が父ちゃんだったらいいのに。

違う。高望みに過ぎる。ああいう人が父ちゃんじゃなくていいから、この因業親父と顔を突き合わせずに済めばいい。

そんな冬もいつしか勢いが失せ春がくる。周龍の家も申し合わせたとおり田んぼ一反、畑半反を得て耕すことになる。

冬じゅう閉じ籠って手仕事に明け暮れるのもそれなりの実益と楽しみがあったが、自分の食い扶持をこの手で育てる野良仕事には比ぶべくもない。

大家から期待以上の広い土地を得たのも心浮き立つ出来事だ。今年からは弟にも手伝ってもらわなくちゃ。終生のらくら過ごしてきた父に手伝えと言ったところで詮ないこと、大家の雑用まで引き受けたうえに田畑をすべて耕すには人手が要るんだから。

なしてこんな坊やを田んぼに連れ出せるね。

田んぼに水を張るところから教えようと、夜が明けるや弟を揺り起こす周龍を母が引き留める。弟は半ば寝ぼけてぐずっていたが、やがて泣きだしてしまう。

数え一〇《とお》にもなって、男の子が大声で泣いたりしちゃだめでしょ。

周龍はどやしつける。弟は母の胸にしがみつき、寝返りを打った父がごほりと咳払いする。

この子より頭ひとつ小さな子だって田んぼでせっせと働いてます。いつになったら仕事を覚えさせて働いてもらうつもりですか。

田んぼは後でやらせりゃいいから、畑の草取りから教えなさい、ね。畑から教えたほうがよかないかい。

たしかに、今連れていっても手助けどころか足手纏いになるに決まっている。だがそうだとしても、いつかは働き手になってもらうのではないか。できないと尻込みするのではなく、あらかじめ教えておくほうがいいのではないか。父のように自分の禄さえまともに稼げぬ人間にならぬようにすべきではないのか。

言い返したいことばが口いっぱいに漲《みなぎ》り、ため息となって溢れ出る。

勝手にすれば。あたし、もう知らないから。

結局、田んぼも畑も周龍と母の仕事になる。とはいえ家事を疎かにするわけにもいかず、母を残して周龍ひとり野良に出る日が次第に多くなる。

大家の家を手伝うのも欠かせない仕事だ。それだけでも父か弟に代わってもらいたかったが、大家の家では手際のいい姜女《カンニョ》に来てもらいたいと言うから当てが外れた。

同じように田植えや草取りをするにも、わが家の田んぼではないから楽しいはずがない。周龍は大家の仕事を手伝ったあと、毎度わが家の田んぼに駆けつけるのが常となった。明け方から日中まで働けばくたくたになって家に帰って当然だが、日暮れまでわが家の田畑も手入れしなければ気が済まなかった。午前中に大家の田んぼで草取りをしたならば、わが家の田んぼでも同じだけ草取りをすると心に決めたのだ。

夏は蒸し暑いけど水は涸れないから豊作になるな。

そう考えると働けど働けど草臥《くたび》れない。汗と土にまみれて裸足で家まで帰る道すがら、周龍は田畑《でんぱた》を借りた対価として大家に納める穀物と、手元に残る穫れ高を胸算用してみる。見積れど見積れどまるで飽くことがない。

こうして春と夏は瞬く間に過ぎる。次第に日が短くなると、同じ仕事をしていてもなぜか体が重いと感じられるときがくる。それでも穫り入れを済ませたら中秋の魂迎え、それが済んだら綿布を求めて新しい着物を拵え、さらに綿を詰めて冬の掛布団も新調し……。そう考えるとついいそいそ浮足立つ。家に帰ると久しぶりに父も早々と戻っている。田螺《たにし》を獲ってきたのを汁にでもして食べようと台所に入る周龍の背に向けて、父がひとこと投じる。

おい、姜女、嫁に行くんだ。

広げた前掛けにどっさり入れてきた田螺をざあっと取り落とし、おまけにいくつか踏みつけて割れるのも構わず、周龍は台所から戻る。

誰がどこに行くって。

姜女、おまえは嫁に行く。

なんであたしが嫁に行くの。どういうこと。

縁《えん》の板の間に座していた父はかぶりを振って部屋に入ってしまう。母が顔色を窺いながら周龍のほうにやってくる。

父ちゃんの仰るとおりになさい。有難いことでしょ。おまえが西間島で虐《いじ》められた話を聞いても構わんと言ってくれたそうだ。

あれがどうして虐めなの。全斌がいつあたしを虐めたってんです。

わなわなと震える肩を母が抱きとめる。ちっとも気が収まらない。母の手もただ冷たく感じられるばかり、己の血も冷えたらしく肌がぷつぷつ粟立つ。

ようございます。父ちゃん母ちゃんの命じるのに従うとしましょう。そしたらこの家のことは誰がやるんです？　母ちゃんひとりで全部やるんですか。

なしてそれをおまえが案じるの。

あたし以外にそれを案じる人がいるんですか。

周龍は声を限りに喚く。閉まっていた部屋の戸ががらりと開いて父が首だけ覗かせてぴしゃりと言う。

おまえは自分の先行きでも案じておれ。ならば若後家を実家に囲って暮らすのは構わんのか。

口数も少なくおっとり話す父、それゆえ面子に拘っているように見える父が珍しく興奮して険しい口調で言い放つさまを、周龍は虚ろな心持ちで見つめる。父のことばはそこで留まらない。

傷物の女子《おなご》を引き取ってくれるっちゅうのを有難く思えんばかりか、恩ある親に歯向かうことのどこが道理じゃ。

ふと周龍の頭に田螺のことが浮かぶ。台所の土間を必死で這って生き延びる方途を求めている田螺たち。踏みつけられて殻の割れたのは幾匹いるのか。まだこと切れておらずとも、やがて嫌な臭いを放って腐っていくものたち。傷物とはそういうものを指すはずだ。

涙を見せたら負けのように思う。そう思うから周龍は唇を噛んで涙を堪《こら》える。

そうか。傷物の女を片付けようって算段がどんなもんか聞いてやる。

さっきから周龍の肩に手を載せていた母が作り笑いを浮かべて優しく尋ねる。

大家さんが姜女のことをとっても可愛がってくだすってるのは知ってるだろ。

でも、あの大家は若いころ娶った女房が跡取りも残さず亡くなったはず。息子などおらぬはず。周龍はたちまち親の言わんとすることを察したが、呆れ果てて再度尋ねる。

つまり、父ちゃんの兄貴分って人と夫婦《めおと》の契りを結んで暮らせってことですか。あたしが。

ぞっとする。漠然と心根のいい小父さんだと思っていた大家がこれまでよくしてくれたのは、娘のように思うからではなく再婚相手にと目星をつけていたからだと知ると、寝ていても虫唾の走る思いに駆られ、思わず幾度も飛び起きる。

周龍が大家の後添えに収まるとの噂がいつのまに広まったのか、下働きにきていた女たちもそれとなく周龍を避ける。独り暮らしの男やもめのくせに洗濯物がやけに多いだの、膝だか腰だかが痛むからって真夏もオンドルを焚かせるのはやりすぎだの、一緒になって大家の陰口を叩いていた女たちだ。今や周龍を大家側の人間ととらえ、口を滑らせまいと用心しているのだ。

秋の穫り入れが終わったら周龍は大家のところに居を移すことで話がまとまっている。どうにも気乗りのする婚姻ではないし、式も挙げずに身ひとつ移り住むのだと思うと、人間ではなく家財のひとつになったような情けない心持ちになる。古びたら捨てて新しいのを求めれば済む存在。こっちの家からあっちの家へ貸し借りもし、お陰で助かりましたと礼も言い。周龍の家は借りていた田畑《でんぱた》と家を只で手に入れる。娘を大家に差し出した代価として。

大家は周龍を部屋に呼ぶことがとみに増えた。暮らしぶりを身近に感じてもらいたいからだろう。せいぜい部屋の雑巾掛けをしてくれなどという他愛もない言いつけだが、大家の腹の内を知ってからはそれも嫌だ。大家は割合身ぎれいにしているほうだが、長座布団の辺りでときおり虫よりおぞましいものを見つける。くねくねした、色のやや褪せた、年寄りの陰毛。

ちょいと、周龍や、部屋においで。

いつものように大家が周龍を呼ぶ。筵《むしろ》に唐辛子を広げて干していた周龍は大家には目もくれず、手で前掛けを払いながら立ち上がる。

これをしまって今日はもうお帰り。証文は父上に渡しておくれ。

部屋に入った周龍の前には墨痕なお乾ききらぬ書き付けが打ち広げられている。周龍が中腰のままでいると大家は好きにせいというように出ていく。周龍は立ったまま今しがた大家の書いた書簡を見下ろす。ハングルに漢字を交えて綴られているのですべては読めないが、おおよその内容は察しがつく。婚姻証書を兼ねた譲渡の証文だ。大家と周龍が夫婦《めおと》となり、姜家に田畑《でんぱた》三、四枚及び家屋を贈与する。

つまりあの御仁はあたしに見せつける魂胆でこうやっておいて出てったんだ。俺はこれだけの値でおまえを購ったんだから、これからもっとへいこらせいと。

周龍はしばらくぼんやりとその紙を見下ろす。

これしきの紙っぺら一枚で何をどうしようってんだ。

横に退《の》けておいて新しい紙を広げる。たかが紙切れ一枚でわが行く末が左右できるものなら、少なくともこの手で決めたいと思うのが周龍の心持ちだ。大家の使っていた細筆を取る。手が震える。

かあちゃんへ

左手で右の袖を押さえてぶるぶると震えながら周龍は一行目を書く。一文字一文字を書くのにえらく時間がかかる。それでいてふと不安な思いがよぎる。

手紙を書いたところで母ちゃん読めるんだっけ。

母が文字を読めるのか読めないのか考えたこともないとは。周龍は手を止めてしばしためらうが、ふたたび筆の先を硯に浸す。母が読めなくとも父が読んでくれるだろう。母宛てに書かれているとはいえ、いずれ父に伝えるべき話だと気づくだろう。


あたしのことしんだとおもってわすれてください

母にせよ父にせよ文字が読めるとしても、金釘流の悪筆ゆえ読み取れるかどうか。いくら下手くそでもけっして笑うことなく手解きしてくれた全斌のことをふと思い出し、慌ててかぶりを振る。大家がいつ戻ってくるかもしれない。

生乾きの手紙に息を吹きかけて折り畳み、懐に収めてから大家に言いつけられたことをする。大家の書いた譲渡書を畳んで丁寧に携え、何食わぬ顔で部屋を出る。大家の家の野良仕事を終えて戻った女たちがちょうど部屋から出てきた周龍を見て何やら囁き合っているが、つとめて気づかぬふりをして門のところまでやってくる。

周龍は発つつもりだ。大家に渡された証文の代わりに自分の書いた手紙を残し、朝の仕事に出かけるふりをして家を出て、田んぼでも大家の家でもない遠いところに向かうつもりだ。大家に渡された証文は細かく千切り、道すがら撒き散らすつもりだ。誰も自分を知らぬ場所に行って澄ました顔で生きるつもりだ。誰にも、何ごとにも心を奪われぬつもりだ。

胸に広がる墨の滲みを手で押し隠し、周龍は家へと向かう。

第二部

平壌《ピョンヤン》

1

断髪のモガ[13]の絵があったら周龍《ジュリョン》にあげて。

機械の音の向こうから朗らかな声が聞こえる。周龍は耳をそばだててそちらを見やる。

周龍てば、近ごろそういうの集めてるっていうから。

やっぱりね。ホンイ[14]姉さんだ。平壌《ピョンヤン》で二番目にお節介と言われたら気を悪くするほどのお節介焼きだが、そういうところが憎めない。周龍は片手を挙げて応える。

そうそう。モガの絵や写真を見かけたらどしどしこの姜《カン》周龍にちょうだいね。

二枚目役者のプロマイドじゃなくて、どうしてそんなの集めてんのよ。

冷やかす声のするほうを睨みつけながら周龍はふたたび忙《せわ》しなく手を動かす。今日の割当量をこなしたいならもたもたしている暇はない。

そう言うところをみると、ねえ、あんた二枚目役者のプロマイド、集めてるんだろ。

姉さんにどっさりもらってるわよ。何を藪から棒に。

周龍は視線を作業台に向けたまま同僚たちのお喋りに耳を傾ける。揮発油ローラーのきつい臭いに女工たちのくすくす笑いが混じる。せっかくの和気藹々《あいあい》の雰囲気に作業班長が冷や水を浴びせる。

静かに！　嘴《くちばし》ばっかり動かしやがって。

班長のことばに一斉に口を噤む。機械の音、蒸されたゴムの臭いがむせ返る。

周龍の働く成形部一班を任されたこの班長は虫けらでも潰すがごとく女工を殴りつける男だ。手で叩くこともあるし手当たり次第何でも手に取って殴る。

手や柄付き雑巾《モップ》の柄なんかで殴られたときは、痛いとはいえ少なくとも人間的に殴るんだな、と妙な感慨がある。踵を張り損なったゴムシンとか揮発油まみれのローラーなんぞで殴られると、こいつ、あたしのことはなっから人間と思ってないんだと思えて体の痛みより胸の切なさが募る。

ご機嫌のときは女工がいくらお喋りしても聞いているんだかいないんだかみたいな様子だが、虫の居所の悪い日には誰かがちょっと咳でもしようものなら待ってましたとばかりに駆けつける御仁だ。ありもしない言いがかりで憂さの晴れるまで痛めつけてくる。

新入りの職工の来る日には手荒な歓迎会が行われる。

四月《よつき》前に周龍が働きはじめた日はホンイ姉さんがやられる番だった。ホンイ姉さんは、引き倒され足首を踏みつけられて翌日は足を引きずって出勤した。自分では図太いほうだと自負していた周龍も、目の前で抵抗もできぬまま滅多打ちに遭うのを見せつけられ、気圧《けお》されて割って入ることもできなかった。倒れたホンイ姉さんを抱き起こすことさえ他の女工たちに押し留められた。抱き起こせばまた叩きのめされるというのだ。作業班長が肩で息をしながら出ていったあと、ようやくホンイ姉さんはみずから立ち上がって服をぽんぽんとはたいた。

気にしなさんな。新入りが来たから見せしめにやっただけよ。

見せしめ？

あいつ、新入りの職工が来るたびにこうやって誰かれ構わず痛めつけるのよ。いいか覚えとけ、おまえもふざけた真似したらこういう目に遭わせてやる、ってね。

言って聞かせりゃわかるものを、ちゃんと働いてる人にこんなことしていいんですか。

しいっ！　聞こえちゃうよ。あんたが何か言ったら、あんたじゃなくて隣の子が殴られるの。同僚に憎まれるように仕向けるのよ。

人として、どうしてそんなことできるんですか。

あんなやつ人じゃないんだって思いな。そうすりゃ平気よ。

もちろん作業班長はいつも殴ってばかりではなかった。新入りの職工にはとりわけ親切だった。

裁断したゴムを履物へと成形するのが周龍の属する成形部の仕事だ。成形部の仕事はいくら熟練の手際のいい職人でも一日に四〇足作れるかどうかだ。ゴム工場の出勤初日、周龍は不良品を除けば五足分しか作れなかった。手順を覚えるのに半日がかり、仕事が退けるまで必死の思いで作ったのが七足、うち二足はお金をやるから履いてくれと頼まれても遠慮願いたい代物。一日の割当量をこなすどころか、一日限りで馘《くび》にならなくて助かったと思うべきありさまだった。

項垂《うなだ》れて製品の検収を待っていると、班長が隣の職工の作業台からきれいに仕上がったゴムシン幾足かを取り上げて周龍の台に置いた。

これ何ですか。

文句をつけるつもりなどなく本当に理由がわからなかったから、驚いて尋ねたのだった。思わず吃逆《しゃっくり》のごとく飛び出したことばに自分でも驚いて口を押さえた。班長は周龍を上から下までじろじろ見ると、はんっと短く笑い、ゴムシンをそれぞれの台に戻した。

みんな、もう帰っていいぞ。

周龍はぎゅっと目を瞑った。班長も親切心でそうしてくれたってこともあるではないか。初めてで下手くそなのは当然だから、人並みくらいにしてやろうと思ったのかもしれないのに。自惚《うぬぼ》れてる、と他の職工から嫌われたらどうしよう。

班長が出ていくと、他の職工たちが周龍の作業台に駆け寄ってきた。

あっぱれよ。

すごいね、すごいよ。

何がすごいというのか。きょとんとして立っていると、先輩たちが肩を抱いたり叩いたりするので周龍は面喰らった。

翌日は一〇足、その次の日は一三足。少しずつ作れる量は増えたものの一日の割当量の二五足をこなせるまでは毎日一発頭を殴られた。どうせ作業量が少なければ給金もその分少ないんだから、罰ならそれでじゅうぶんだろうに、あいつ何様だからって人の頭を殴って偉そうに。痛くてというより悔しくて、切なくて涙がじわりと滲んだ。

ずいぶん経ってから、なぜ班長がああなのか先輩たちが教えてくれた。望みもしない親切を押し売りして手懐けようという魂胆の当てが外れたからだという。同じ班の職工どうし仲良さそうにしていると引き裂くし。周龍ははなっから言うことを聞かなそうだから、やる気を殺《そ》いでやろうってつもりに決まっている、と。

あたしたち誰ひとり辞めなければ新入りも来ないから、がんばろうね。

同じ班の女工たちの言うのを聞いて周龍も頷き、けっして辞めるもんかと決心した。辞めていく仲間を引き留めるわけにはいかないが、少なくともあたしだけは辞めるまい。あたしが辞めれば新入りの職工が入り、新入りが入ればまた誰かが痛めつけられる。あたしのせいで誰かが殴られるなんてあってはならない。

最初から平壌に戻ろうとしていたわけではなかった。ゴム工になろうとは想像だにしていなかった。

　とりあえず家の有り金を掻き集めて出てきたが、遠くまで行けるだけの汽車賃にはならなかった。急ぎ沙里院《サリウォン》を離れなければ連れ戻されるのは知れたこと、なけなしの金、まずは惜しむべしと思って汽車に乗り込んだのだから、結局は無賃乗車だった。どれほど走ったろうか。検札係が回ってくるので慌てて降りたら、たいして遠くもない平壌だった。一〇年ぶりだった。

　戻ってみると平壌は別天地だった。幼いころも平壌という町の賑わいは朝鮮で一番だと知ってはいたが、間島《カンド》の山裾をさまよい、沙里院で野良仕事ばかりの日々から大都会に来たから、いきなり目の前がぱっと開けたような気分だった。華やかな身なりで往来を闊歩する妓生《キセン》たち、山高帽に三つ揃いを身に着けたモボたち。

　目を奪われるものが多くて心浮き立つ一方、これからの暮らしの当てはなかった。ままよ、まだ若いんだし自分で稼いで自由に使えるんだから何を案じることがある。読み捨てられた新聞を拾って寝泊まりするところと働き口を調べた。まず貸間を訪ね、勤め先は決まっていると嘘をついて住所を手に入れ、工場の面接に行って書類にその住所を書いた。我ながら気の利いた思いつきだったと内心快哉を叫んだ。

　はじめの幾月かはある程度稼いだら西間島《ソガンド》に戻ろうかという心積もりもなくはなかった。夫の墓があり、かつての同志たちが暗躍している満州の地に。けれど平壌での暮らしには思いがけない楽しみがあった。仕事はきついがこの手で稼いだ金を気ままに使う楽しみ、仲間と付き合う楽しみがあった。物心ついてからずっとひと気も疎らな村で過ごし、嫁いだ周龍には、似た年頃の女友達と親しく付き合った経験は多くなかった。はじめ間島から来たと言うと何とはなしに都会風を吹かせた者も、江界《カンゲ》で生まれて平壌で育ったと言うとたちまち幼いころから友達だったごとく歓迎してくれた。どうしても平壌を離れなければならない、間島に戻るべき切実な理由が思いつかず、周龍は留まることにした。

蒸したゴムの臭いの染みついた麦飯をひとまとめにし、それぞれ持参したおかずを入れて適当にかき混ぜて分け合う。昼食はいつもそんな具合だ。ゴム工場への就職を決めたのは広告に食事提供と書かれていたからでもあるのだが、実は提供されるのはご飯のみ、おかずは各自で簡単なものでも用意しなければならないのだった。ゴム臭いご飯は嫌だからとご飯持参の者も少なくないが、味の濃いおかずと混ぜてしまえばまるっきり食べられないというほどでもない。

今日、仕事が退けたら何するの。

目を輝かせて聞いてくるのは周龍の入社した直後に就職した三女《サムニョ》だ。工場での経歴こそ新米だが周龍と同い年、班に年上はふたりしかいない。そのひとりホンイ姉さんと同じ洪《ホン》という苗字なので遠い親戚かもねと喜び合っていた。娘に凝った名前をつける親などまずいないため三女という名をからかわれることはないが、苗字が洪だから厄介だ。それでも慎ましく気立ても優しいので、年下の先輩たちから紅人参《ホンサム》、紅人参と囃したてられても笑顔を絶やさない。

そうね、劇場見物は止して散歩かな。

劇場ってばさ、高いんじゃないの。

三等席の料金が一日分の日当と同じくらいだから、女工風情にはかなりの贅沢には違いない。周龍も今のところ一大決心をして先月一度だけ行ったのが最初で最後だ。仕事終わりの疲れた身で行ったせいか途中で居眠りをしてしまったが、生まれてはじめて劇場に行ったという事実に酔い痴れてひとり意気揚々としていた。次に行くときは他の人たちのように茹で卵や飲み物なんかも買い食いしてみたいし、絶対に絶対に居眠りしちゃだめ、と自分に言い聞かせながら。

そりゃリョンイにはお膳を整えなくちゃならない旦那も口を開けて待ってる子もいないんだから、いいご身分よねえ。

ホンイ姉さんのことばに、みな口を噤んで周龍の顔色を窺う。急に静まり返ったのでホンイ姉さんもまずいと思ったのか、口を押さえる。

何を今さら。あたしが気楽な身の上だってこと、知らない人なんているの。

周龍がおどけたので、はじめてくすくす笑いが漏れる。みんなの笑顔をぐるりと確かめてから周龍はようやくほっとする。だけどこれからは趣味の話は用心しなくちゃ。いくら寡婦とはいえ、自分の食い扶持さえ稼げばいいなどと匂わせるべきじゃない。周龍は向かいに座った同僚たちににこりと意味もない笑顔を作って見せ、とりどりの菜っ葉がごちゃ混ぜの麦飯の最後の一口を口に押し込む。昼休みの終わりを告げるベルが鳴る。

二度と結婚する気はないし養うべき家族もいないので、家とか土地とかいうものにも関心はない。ただ身ひとつで楽しく暮らせれば何よりだと思う。劇場見物をしたり、コーヒーを味わったり、洋服も誂えてみたいし、踵の高い靴やらシルクのストッキングやらも履いてみたい。ゴム臭い麦飯を食べて自分で稼いだ金、自分のために使わなくてどこに使う。

けれど当座のところ女工のお給金では洋服も踵の高い靴も望むべくもない。あの素敵なモガの洋服一着、靴一足を手に入れるお金といえば、一月《ひとつき》分の家賃を払ってもお釣りがくる。お給金から家賃に食費に月々の必要なものを贖《あがな》うお金を差し引けば、せいぜい残って五、六円。二、三円を貯金し、あとのお金を大奮発してモガごっこをしているのだ。

いわゆる旧女性の身なりのままカフエーで座っていようものなら、女給たちがちらちら盗み見たり、あからさまに馬鹿にした目で見るのを往々感じる。後から入った客の注文を先に受けたり、注文した飲み物をずいぶん経ってから思い出したように運んできたりというやつだ。女給の稼ぎってどれくらいなんだろう。あたしも女給になればよかったのか。洋服を誂える日ははるか先ゆえ、まずは髪を思いきって断髪にしてしまおうか。頭が断髪なら服がどうであれモガの真似事くらいには見えるはずだし。

あれやこれやと考えるうちに作業終了のベルが鳴る。

借間に帰ると憂鬱になる。幾年もともに過ごせなかった夫のこと、娘頼みで安穏《あんのん》とした暮らしにありつこうとした家族のこと。それでも間借りしている家の娘が部屋に泊りにくる日は寂しさも紛れるが、製糸工場に通いはじめたばかりのその子の遅くなる日には、モガごっこにのめり込まずにはいられない。

劇場は次に行くことにして今日は散歩しよう。日が伸びたので仕事の退ける時分でも明るい。周龍は日暮れごろまで平壌市内を漫《そぞ》ろ歩きながら、手持ちの金で買えるもの買えないものをあれこれ思案して楽しみ、悩みに悩んだ末に新女性特集の組まれた雑誌を一冊買う。

リョンイ、リョンイ。

朝からサミが熱っぽく周龍を呼ぶ。周龍はわざとその声に気づかぬふりをする。サミが作業班長の目を盗んで周龍の袖を引っ張ってさらに呼ぶ。

ねえ、周龍てば、ちょっとこっち見て。

息せき切ってどうしたの。

あたし、リョンイにあげようと思ってこれ持ってきたんだ。

洪三女が差し出したのは幾枚かのモガの絵だ。雑誌から切り抜いたのが三枚にペンで更紙に描いたのが一枚。ペン画の女性はほっそりした体つきにツイードの洋装の上着とスカートを身に纏った美人だ。もちろん髪は断髪で小さな鍔《つば》のついたハットを被っている。周龍を笑わせたのは、左へと伸びた矢印の先にやはりペンで「リョンイ」と書かれているところだ。周龍は作業班長に見つからないように声を潜めてサミに声をかける。

サミ。

なに。

これあんたが描いたの。

サミは上気した顔で幾度も頷く。自分の絵が気に入ったかどうか早く教えて、という顔つきだ。

サミの目は節穴なんじゃないの。あたしのどこがこんななの。

心にもない天邪鬼なことばが飛び出すと、洪三女はたちまち萎《しお》れ顔になる。

だけど絵は本当に上手ねえ。こんな才能があるなんて、お見逸れしました。

サミの顔に喜びが兆す。

あたしが上手なんじゃなくて、大事な絵を分けてあげたくて真似して描いたんだ。

そうなんだ。あたしに似てなくて当然だ。でも本当に上手。あたしは気に入った絵があっても真似して描く気にもなれないもの。絵心がなくちゃね。

サミは周龍のおだてに顔を赤らめながらも満更でもなさそうだ。周龍は掌ほどの大きさの四枚の絵をひらひらさせてみせる。

とにかくありがとね。そりゃ昨日ホンイ姉さんが派手に宣伝してくれたけど、本当にモガの絵をくれたのはサミだけだもん。

私がどうしたって。

ホンイ姉さんが自分の名を聞きつけて騒がしく割り込んでくる。周龍は腕を伸ばしてホンイ姉さんにサミのくれた絵を手渡す。四枚の絵をぱらぱらと見たホンイ姉さんも、最後の一枚には目を瞠《みは》る。

これサミが描いたの。

周龍とサミがそっと頷くと、ホンイ姉さんは大袈裟な様子で隣の職工に絵を回しながら自分にも一枚描いてほしいとサミにねだる。サミの絵の腕前がホンイ姉さんに知れたからには、同じ班の仲間に知れ渡ったも同然だ。そんなことを思って周龍は満足そうに微笑む。思ったとおりホンイ姉さんの騒ぎようにみな自分にも見せてと手を伸ばす。作業班長が巡回に来ているさなかにもサミの絵はせっせと作業台の下で回されて魅力を振り撒く。

ねえ、しわくちゃにしないでよね。汚しちゃ嫌よ。

周龍がそっとひとこと言ったのが聞こえたのか聞こえないのか、我も我もと手を伸ばしてサミの絵の鑑賞に余念がない。周龍までなぜかうきうきしてくる。いつのまにかあっちの端まで行って戻ってくるサミの絵がまた見たくて気が急き、周龍はつい首を伸ばして待つ。作業班長にばれたらどうしようと気を揉みながら。

何がそんなに楽しい。

手を後ろ手に組んだ作業班長が知らぬまに周龍のすぐ後ろに来ている。周龍は落胆を覚えながらも大丈夫、大丈夫、とみずからに言い聞かせる。絵が見つかりさえしなければいいんだ。それにあんな絵を回し見したくらいで、こんなやつに何ができるってんだ。絵はいつしか周龍のすぐ隣の台まで戻っている。少し手を伸ばせば受け取れるし、受け取った絵はさっと畳んでチョゴリの懐に差し込んでしまえばそれまでだ。なのに作業班長のやつときたら周龍の後ろにじっと立ったままだ。周龍は意に介さぬふりをして裁断されたゴムを曲げて成形しながら、背筋を大同江《テドンガン》[16]のごとき冷や汗がどくどく流れるのを感じる。

手の中のもの、俺にも見せてもらおうじゃないか。何がそんなに面白くておまえらだけで回し見してる。

やられた。目の前が真っ暗になって深くため息をつく。絵を隠し持ったままどうしていいかわからずにいた隣の席の年端もゆかぬ女工は、真っ青な顔で周龍に一度、班長に一度、目を向けたあと俯《うつむ》いてしまう。

済みませんでした。

誰か何か言ったか。面白そうだから俺にも見せろってだけなのに、なんで俺を悪者扱いする。

済みませんでした。

うるさい。手に持ってるのを出すんだ。

班長はがくがく震える女工の手を無理やり開かせてサミの絵を奪い取る。みんな見て見ぬふり、作業台に向かって俯いているが、目は班長がどうするのかを追っている。班長は絵を一枚一枚めくってしげしげ眺め、最後の一枚を見るとけらけら笑う。

姜周龍がモガってか。

成形部一班で名にリョンがつくのは周龍しかいない。周龍はいずこから湧き上がるとも知れぬ恥じらいを覚えつつ、ぎゅっと目を瞑る。不意に手の力が抜けてもはや作業するふりさえできない。

おい、姜周龍、答えてみろよ。本当にモガか。そうとは知らずこれまで失敬したな。

当てつけがましくそう言って班長は周龍の前に立ちはだかる。班長が絵を一枚一枚念入りに握り潰していく光景を見ながら周龍は唇を噛む。自分の鼻息がゴムの熱気より熱く感じられる。班長は突然真顔になって周龍の椅子を蹴り上げる。周龍は作業台の下に転げ落ちたまま蹴りつけられるのを待つ。ここまでやられるほどのことかと思うが、あいつが正当な理由で叩きのめしたことがあったろうかとも思う。ただ今日はあたしの番なんだ、と覚悟を決めて我慢して殴られなきゃ。あいつが足の痛くなるまで蹴りつけても、呻き声ひとつ立てちゃだめ。

周龍の予想をよそに作業班長は蹴りつけない。頭を抱えて脱力していた周龍がなぜ蹴らない、と様子を窺おうとした刹那、いきなり髪を引っ摑まれる。

モガなら断髪にしなくちゃな。誰か、裁ち鋏をよこせ。

そのことばに周龍は覚悟も忘れて身をわななかせながら泣き喚く。班長はそうこなくちゃとばかりに周龍の頭をめちゃくちゃに振り回す。女工たちはみな恐れ慄《おのの》いているが、班長がいくら鋏をよこせと言っても渡さない。班長はさらに幾度か周龍の髪を摑んで振り回し、天井を向く格好にのけぞらせると、耳打ちでもするかのごとく耳元にぴたりと口先を押し当てる。そうしておいて他の職工にも聞こえるように大声で吐き捨てる。

姜周龍がモガなら俺と自由恋愛しようじゃねえか。

周龍の顔が怒りで火照る。内心は思いきり悪態をついてやりたいが、自分が逆らえば仲間の職工たちにまで累が及ぶのではという怯えが先に立つ。

何だその顔は。自由恋愛、いいじゃねえか。モガじゃないのか。

誰かが泣きべそをかく声がする。周龍は作業台に遮られてよく見えないその顔を見上げる。誰かが泣いている。口を押さえて泣き声が漏れないよう必死になっている。いったい誰があたしのために泣いてるんだろう。そう思うと周龍の目も涙でいっぱいになる。

何だ。嬉し泣きか、え。

班長は周龍の額をしたたかに打ち据え、話す合い間に頬も二、三度続けざまにひっぱたく。それでも気が済まないのか周龍の頭をごつんと床に打ちつけてから、ようやく手を放す。横たわる周龍を相手に中腰になっていた腰を伸ばすと、深く息をつく。口を噤み、手も止めたままこちらを盗み見ていた職工たちは、慌てて俯いて作業するふりをする。班長は忌々しそうに舌打ちして大声で言う。

どっちにしろモガなんて学生か妓生だ。

せっせと動いていた職工たちの手が止まる。

おまえら、学生か。

静まり返ったままだ。班長は鼻でせせら笑う。

じゃあおまえらがモガを気取ろうってんなら妓生でなくて何なんだ。余計なことに現《うつつ》を抜かしやがって仕事はぐずぐずだらだら。誰であれモガになりたいやつは俺のところに来な。モガにしてやるぜ。

班長が出ていってからようやく周龍は腰を伸ばして立ち上がる。しわくちゃにされた絵を拾って伸ばし、懐に仕舞う。泣いているのはたぶんサミだろうと思ったが、立ち上がって見ると案の定だ。気遣ってこちらに来ようとする仲間たちを手で制し、周龍はふたたび作業台の前に座る。殴られた痛みはじきに治まるだろうし、しわくちゃの絵は大家から火熨斗《ひのし》を借りて伸《の》ばせばいい。下衆なやつの吐いた愚劣なことばは忘れてしまえばそれまでだ。

誰にモガじゃないと言われようと、あたし本当にモガじゃないわけじゃない。

自分がモガでないこと、モガになりたいと思うのもおこがましく見えることくらい、周龍自身は百も承知だ。いつもそのことばかり考えているから、知らないわけがない。

けれどそれは班長に言われたからではない。

班長ごとき、モガになるうえでこれっぽっちの妨げになろうはずもない。

古臭い男から迫害されたのだから、むしろモガになる第一歩を踏み出したのだ。

周龍はそう考えて残りの仕事をこなし、家に帰ってようやくさめざめと泣く。

2

間島《カンド》にいたころは兎を飼ってたんだ。兎ほど見上げた生き物はこの世にまたとないね。

兎、いいな。うちも兎が飼えたらな。

オギは周龍《ジュリョン》のほうに寝返りを打って話をせがむ。周龍の間借りするオギの家では犬を飼っている。尾の短い大きな赤犬。番犬にしようと飼ってはみたものの、大人しくて見知らぬ者を見てもあまり吠えない。人懐こいところはオギも似てるなというのが周龍の考えだ。

すぐに稚《やや》を産むから飼うのは大変だよ。糞もすごいいっぱいするんだ。自分の糞をまた食べちゃうのは犬もおんなじかな。

本当に兎も糞を食べるの。

糞なら何でも構わず食べるんじゃないんだよ。栄養の残ってる糞だけ食べるの。こうやって、こうやって。

周龍は兎が鼻をひくつかせる様子を口を尖らせて真似る。オギはそれが面白いのか声をたてて笑う。

それから。

それから、何。

兎の話、もっとして。

そうねえ、何があるかな。そうだ、これ知ってるかな。

何。

兎は寂しいと死んじゃうこともあるんだよ。

嘘。

本当。

嘘ばっか！

本当だって。

寂しいと死んじゃうなんて絶対嘘だね。人でもないのに。

オギのことばに周龍はふっと笑う。

人が寂しいと死んじゃうってのは本当なの。

周龍の問いかけにオギはじっと考え、かぶりを振る。

人もおんなじだ。死ぬほど寂しいっていうのはただそう言ってるだけ。本当に寂しくて死んだ人がいるなら出ておいで、だね。

周龍は何か言い返そうとしかけて口を噤む。オギは寂しかったことなどないのかもしれない。親きょうだいと一緒の部屋で過ごすのが嫌で貸間に来て周龍と寝ているんだから、むしろ滾《たぎ》るほど寂しさに焦がれているのだろう。しばらく寝返りを繰り返していたオギが仰向けになって宣言するように言う。

あたしも早く大人になって周龍姉さんみたいに独り暮らししたい。

あたしのどこが独り暮らしよ。オギと一緒じゃないの。

姉さんってば。そういうことじゃないってわかってるくせにとぼけちゃって。

もう寝なさい。明日、工場に遅刻するよ。

行きたくないな。

せっせと工場に通えば大人になれるのよ。

足がむずむずして眠れない。

オギは掛布団を幾度も蹴り上げてぶつぶつ文句を言う。まだまだ子どもね。あたしも幼いころ、昼間のうちに元気を使い果たせないと手足がむずむずして眠れなかったっけ。製糸工場に就職してからというもの、オギは体がしくしく痛んで寝そびれる夜がめっきり増えた。終日座りっぱなしで慣れない仕事をさせられるのだから、それもそのはず。ひとつ布団の中で手足をばたつかせるのは鬱陶しいが、周龍は噯気《おくび》にも出さずそっとその駄々を受け止める。沙里院《サリウォン》に残してきた弟より幼い子が食い扶持を稼ぐために工場に通う。この家ではこの子を一人前の大人と見ているのだ。よくよく見れば、兎が糞を食べる話なんかで笑うところなど紛れもなく子どもなのだが。この子には子どもらしく駄々をこねることのできる相手が今じゃあたししかいないんだ。そう思って周龍は布団を蹴りつづけるオギの腹をそっと撫でてやる。

眠れないなら、もっと間島の話をしてあげようか。

やったあ。話がわかるなあ。何の話かな、早く聞かせて。

オギが歌を歌ってくれたら話してあげる。

姉さんが先だよ。

歌を？

お話だよ。


周龍が西間島《ソガンド》を離れた年に白狂雲《ペククァンウン》が死んだ。そのことを周龍は沙里院から平壌《ピョンヤン》に向かう汽車の中ではじめて知った。向かいに座った周龍に気兼ねしつつも話すふたりの男のやりとりを耳に挟んだのだった。女に聞かれたとて何がわかる、と男たちは思っただろう。周龍はやにわに冷たく巨大な手で体を鷲摑みされたように息の詰まるのを感じた。それが目の前の男たちに気づかれるのでは、と気を揉みつつ平静を装うべく努めた。だが男たちは周龍の表情がみるみる変わるのにまるで気づかなかった。当然といえば当然だった。目の前に腰掛けた小汚い身なりのちっぽけな女が、夫とともに白将軍の指揮下で活動し、白将軍とともに汽車に乗ったこともあるなど、この男たちにどうして想像できようか。

平壌に来てからは暇を見つけては過去の新聞や噂などに当たり、白狂雲がいかにして死んだのか調べた。統義府が内輪揉めで分裂すると上海臨時政府の傘下に入って臨時政府の直轄部隊に改編され、名称も参議府と変更したのがその年の六月。それから三月《みつき》後に統義府のかつての仲間の文学彬《ムンハッピン》なる者に襲撃されたという。南満州で過ごしていたころのことをときおり思い出し、漠然と白将軍は今も活躍しているだろうと思っていたこの一年を忸怩《じくじ》たる思いで振り返る。

知見に乏しく経験の浅いありきたりな女にすぎぬ周龍ゆえよくわからないとはいえ、一目で非凡だと思える人物だった。それほどの人物を失ったのは独立軍の大きな損失、同志にとって言いようのない悲しみだったろう。周龍もまた将軍を同志と呼んだ。心の拠り所のなかったあのころ、兄のごとく慕ったこともあった。

志を同じゅうするゆえ同志というそうだが、志が同じだとて志の器まで同じだろうか。将軍の志に比して自分の志は匙ほどにも満たないと周龍は思った。

そんな将軍が死に、自分は生きて遠く遠く逃げてきたことがただ不思議に思える。今、間島に自分のことを憶えていてくれる者がどれほど生き残っているのか、という噓寂しい思いも拭い去ることができない。

狂雲さんって人、二枚目だったんでしょ。

美男てことなら、うちの全斌《ジョンビン》に並ぶ者はなかったね。

じゃあどうして二枚目じゃない人の話なんかするの。

あんた何あきれたこと言ってるの。

ぜひにと話をせがんだくせに寝惚け声でつまらぬことを言うオギにかちんときて周龍はくるりと背を向ける。掛布団を半ば奪われたオギがぐずぐずと駄々をこねる。

寒いよ。布団ちょうだいよ。

寒いって、夏なのに何が寒いの。おなかに掛かってりゃいいでしょ。

どこが夏よ。もうすぐ十五夜じゃん。

減らず口ばっか叩いて。

愛想を尽かしたように棘のある言い方をしながらも、周龍は自分のほうに引っ張った掛布団を元通りオギの肩にしっかり掛けてやる。オギが寝入ると自分も睡魔に襲われて目を閉じる。ただ目をぱちくりしただけみたいな物足りない眠りから覚めてオギを起こす。オギと一緒に桶に水を汲んだりご飯を炊いたりと家事を少しこなしてから出勤の途に就く。オギの通う製糸工場の職員寮が周龍の工場の近くなので、毎朝オギが周龍を道連れにする格好だ。周龍もそのほうがいいので少し寝不足でもオギと一緒に歩いて出勤するのだ。

仕事、気をつけてね。

姉さんもね。

短く挨拶を交わし、オギは同じ工場に出勤する似た年頃の子たちのほうに駆けていく。このごろは数え一四、五歳の少女たちはオギのように製糸工場に就職するのが当たり前のようだ。製糸工場では嫁入り前の若い娘たちを、ゴム工場ではやや年嵩で結婚して所帯持ちの女を好んだ。製糸工場は職工を寮住まいを前提に採用することが多いので家庭を持っていると採用は難しく、ゴム工場は受注状況に応じて一時帰休させることもあるため工場の仕事を副業くらいに思う主婦を必要としたのだ。オギのように自宅から出勤する子はオギの工場では数えるほど、それも父親が人事責任者との伝《つて》を使ってなんとか寮に入らなくとも就職できたのだそうだ。

残業がなければ帰り道も一緒だ。ゴム工場に残業の日はさほどなく、周龍が仕事を終えてゆっくり製糸工場の正門までオギを迎えに行くことが多い。構内にオギくらいの少女たちが出てきていれば終業、ひと気がなければ残業ということだ。まだ日が長いので残業の日でも日没くらいまで待つこともある。

オギは蚕を煮る熱気に蒸されて全身汗ばんだ体で出てくる。自分もゴムを蒸す工場で働いてしんどいのに、オギの姿を見ると不憫に思え、周龍は歩み寄りながら手で扇いでやる。

お疲れさま。

姉さんもね。

帰り道、オギは周龍のはじめて聞く歌を歌う。

それ何の歌なの。切ない曲ね。

今日、休み時間に友達が教えてくれた歌なんだ。

もういっぺん歌って。

漠たる荒野　駈くる生よ
汝《なれ》の目指すは何処《いずこ》なるや
寂しき世　険しき苦海
汝《なれ》は何を求めんとす

オギはその歌の歌詞がどんな意味かわかるの。

そのまんまでしょ、他に何があるの。

オギはまだあどけなさの抜けきらない甲高い声で終いまで歌う。いつもみたいにオギは筋がいいね、歌が上手いねと褒めてもらえると期待を込めて見つめるが、周龍は歌詞を反芻しつつやけに暗い表情だ。

題名は何ていうの。

尹心悳《ユンシムドク》[17]の歌う「死の賛美」[18]。

とっても哀しい歌だね。

そうでしょ。尹心悳って人、この歌をレコードに吹き込んで恋人と心中したんだって。

心中って何。

恋人どうし命を捨てることだって。

オギはなんてことないご近所の噂話でも伝えるような調子でさらりと言うが、そのことばの響きは周龍の胸の奥底を打つ。オギは周龍の思いなどお構いなしに自分の感傷を並べたてる。どれほど深く想い合ってたら、一緒に世を捨てる気になれるんだろう。あたしも一度でいいからそんな恋愛、できたらな。

死ぬほど想ったとて、本当に死んだら何が残るの。

周龍は全斌のことを思いつつ言う。尋常ならざることばを聞いてはじめてオギは周龍の硬い表情を窺う。日ごろ話してた年下の旦那さんのことを思い出して傷ついたんだ、オギは察する。

姉さんは今日工場でどうだったの。

これといって何も。オギは？

あたし、今日も班長さんからすごく叱られちゃった。割当に届かないと日本語でチクショーだバカだ何だって言うの。たぶん悪口だと思うけど、意味がわかんないから平気。

大半が朝鮮人資本の経営するゴム工場とは違い、製糸工場は工場長も日本人、職制も日本人のことが多かった。オギの工場も糸取り工だけが朝鮮人で幹部以上はみな日本人らしい。

大変だったね。

平気だってば。罵られるのなんか本当に何でもないよ。ちょっとばかりニホンゴのできる子があからさまに贔屓《ひいき》されてご飯もいっぱいもらえるのは悲しいけど。まるっきり差別待遇だよ。

糸工場のくせに、なんで日本語を使えなんて威張ってるの。

だよね。どうせ女工ごときがって無視しまくってんのに。

いつしか家に着いて枝折戸を入る。オギは平気だと言いながらも憤懣やるかたない様子でぱたぱたと音をたてて履物を脱ぎ捨て、周龍の部屋に入っていく。今じゃすっかり自分の部屋みたいに出入りするのね。周龍はふっと笑ってオギの後に続く。

オギとの日常には、全斌と暮らしていた西間島のころを思い出させるところがある。血縁のない、自分よりはるかに年若い相手とひとつ部屋で暮らす生活だから、似ているといえば似ている。全斌は弟くらい、オギは周龍が若くして嫁いでいたら娘くらいの年頃だが、年の差よりはじめて会ったとき相手の年齢がいくつだったかのほうに近しさを覚える。

間借りして間もないころ、周龍はオギの初潮にも立ち会った。オギの初めての月経帯は周龍が手渡したものだ。用意しておいた未使用のを急ぎ用立てたのだった。夜のあいだに布団に染みを作ったらどうしようと泣きべそ顔の少女に、大丈夫だから自分の部屋に来て寝るように言ったのがきっかけで、オギは周龍の部屋に入り浸りになった。素直だけどちょっと人見知りする子なんだなという印象だったが、打ち解けてみると逸《はぐ》れていた姉に巡り合いでもしたかのように懐いてくれるのが憎からず思え、周龍もオギのことが好きになった。年齢的にはオギの母親と同年配なのだが、娘のオギのほうが友達のように感じられた。

オギの母親はオギくらいの年でオギを産んだ。初子《ういご》で、弟になるはずだったふたりを相次いで亡くした。ひとりは産み落としてすぐ絶命し、もうひとりは死産だった。裏山に赤ん坊の墓がふたつあるという。オギにはもうふたり弟がいる。死産の子を埋葬して三年して双子の男の子が生まれた。同じ年にオギの祖母、母親にとって姑が息を引き取った。能も運もない女子《おなご》だと嫁のことをあれほど邪険にしていたのに、姑は孫息子がふたりも生まれたのに気をよくして死ぬときもほくほく笑っていたそうだ。

オギの祖母の使っていた部屋を周龍は間借りしている。周龍の前にも似たような女工が借りていたという。その女は再婚して出ていくまでの二年のあいだオギを自分の部屋で寝かせることはなかった。両親と数え八つの双子の弟とひとつ部屋で暮らしていた少女、ちょうど月の物が始まったばかりの少女にとって、自分の部屋に来て寝ていいと言う周龍のことばはどれほど嬉しかったことか。

姉さんには悪いけど、姉さんが幸せになって出ていったら、ここをずっとあたしの部屋に使えたらいいな。

オギは口癖のようにそう言う。周龍が飯粒を糊代わりにして壁に貼ったモガの絵を撫でながら。周龍の望みがそうであるように、オギもまた将来モガになりたい。周龍は自分よりオギのほうがモガの素質があると思う。なにしろこの子はまだ若いから。何にだってなれますとも。だけどあたしよりあんたのほうが先に出ていったりして。

自分の家なのにどうして出ていくの。

そうだね。変なこと言っちゃった。

訝《いぶか》るように目をぱちくりさせていたオギは、ああ、と短く嘆息を漏らす。自分の嫁入り支度の費用を稼ぐために工場に勤めているのだ。時と場合によってそれが自慢になったり悲観になったりする。自分の食い扶持はもとより弟の学費を支えていることに自負心を抱くオギ。朝早く起き出して終日つらい仕事をするのがたかだか嫁入り支度のためだということをくだらないと感じるオギ。

学校に行きたいな。

製糸工場に勤めるまでオギは一年あまり女学校に通っていた。ハングルは終えたし割り算、掛け算も習った。

学校のどこがいいの。頭痛いよ。

周龍は平壌を離れる前、だから一〇年以上も前のことを思い出して言う。夏から秋にかけて女学校に通ったものの、友人たちに何の挨拶もできぬまま間島に発ったときのことを。

将来はいっぱしのモガになりたいし、モガになってインテリ紳士と自由恋愛もしたいんだ。春園《チュヌォン》[19]の小説を読んだってそうでしょ。せめて高普[20]くらい出ておかなきゃ主人公になれないもん。主人公は無理でも小学校くらい出たいな。

オギの父親は女子《おなご》が勉強して何になるといって学校を辞めさせ、弟たちだけ学校に行かせた。オギの稼ぎで弟は勉強している。貸間と農業を営み、母親とオギのふたりも工場勤めだから暮らしには困っていないが、せっせと貯め込んで息子のどちらかでも大学まで行かせようというのが一家の思惑だ。

周龍はオギがどうしたいのか知っている。自分の稼ぎを嫁入り支度なんかに使う代わりに勉強が続けたいのだ。

姉さんみたいに独り暮らししたい。

独り暮らしじゃないって言ってるでしょ。

胸の内でどう思ったのか、オギは悔しいような悲しいような表情で眉根を寄せ唇を尖らせると、やがて長いため息をつき、周龍の袖を握る。

姉さんが好き。

あたしもオギが好きだよ。

一生姉さんと暮らせたらいいな。

袖をぎゅっと握っているオギの小さな手が労《いたわ》しくもあり愛おしくもあり、周龍はもう一方の手でオギの肩を撫でる。

床《とこ》の中でうなされるオギのせいで目が覚める。オギの額には汗に濡れたほつれ毛が貼りついている。周龍は枕元の薬缶の水で手拭いを濡らして髪の生え際を拭ってやり、横になる。醒めてほしい夢を見ていたところだ。

このごろ周龍は間島のころの夢をよく見る。自分が主人公の活動写真を見ているみたいだ。三十路も間近の今の自分が観客になって若かりし日の自分の成長していくさまを見ているのだ。これからどんなことが起こるのかつぶさに知りながら。

周龍は声をかける。ねえ、姜女《カンニョ》や、あんたはじき嫁に行く。すごく麗しい人と夫婦《めおと》になるの。姜女、あんたは独立運動をするの。そんなの想像したことあるかい。旦那さまはあんたを送り返してまもなく死ぬ。あんたは殺人犯の濡れ衣を着せられて牢屋に入れられる。ひとつだけだって腰を抜かすような出来事が続けざまに起きるんだ。そんな声は夢の中の姜女には聞こえない。劇場で客がいくら騒いでも活動写真の登場人物に届かないのと同じ。

夢はときとして軌道を外れる。夢では全斌は死なない。夢では周龍は嫁《とつ》がない。夢では数え一四の周龍は間島に行かず平壌で暮らしつづける。一家は破産せず学校に通いつづける。

そうした夢は長くは続かず終わってしまう。自分の想像力がその程度だからなのだと周龍は思う。

大きくなったら何になろうかと考えたことはない。ただ一日一日生きてきた。生きるのはつらくても楽しいことだった。生きているだけで忙しく息つく隙《ひま》もなかった。将来何になりたいか考える暇《いとま》もなかった。何になれるか教えてくれる者もなかった。

間島に行く旅費が貯まりさえしたら辞めるつもりだった工場の仕事を今なお続けているのも、平壌に留まることになったのも、そうした考えと遠かるまい。たいしたことではないかもしれないが、周龍は生涯ではじめて自分の選んだことをしているのだ。元結を解《ほど》いてから服を脱ぐか、服を脱いでから元結を解くかを選ぶのとは次元が違うのだ。親に連れられて移り住み、嫁に行けと言われて嫁ぎ、夫が独立運動をすると言うからついていき、そういうふうに生きてきた周龍にとって、何になるかを自分自身で決める経験はそれほどに貴重なのだ。ゴム工場の職工になる以外の選択肢がなかったのが一抹の悲しみとはいえ。

これからあんたは、望むとおりに生きていけたらいいね。

そう思いながら周龍は寝入ったオギの額をもう一度撫でてやる。おませで明るいけれどちょっと向こう見ず。何の取り柄もないありふれた女の子。流行に敏感で向学心の旺盛な子。蕾のごとき夢は数々あれど、ままならないことばかりでいつもちょっぴり顰《しか》め面。眠っている今でさえ、どんな夢を見ているのか眉根に皺を寄せている。その顔に周龍は姜女を見る。幼き日の自分の俤《おもかげ》を見る。

オギと一緒に住んでるお姉さんですよね。

いつものように製糸工場の前でオギを待っていると、先に出てきた六、七人の少女が周龍を取り囲む。自分よりはるかに年下ながら背丈の高い少女たちに取り囲まれ、周龍は後ろめたいことなどないのに気圧《けお》される。つとめて肩をそびやかして頷くと、少女たちは内輪でひそひそ話を交わし、藪から棒に質問を浴びせかける。

間島で暮らしてたんですか。

本当に独立運動をしてたんですか。

旦那さんも独立軍に関係してるんですか。

周龍は当惑してしばらく何も言えなかったが、なんとか気を取り直す。

あんたたち、どうしてそんなこと知りたいの。

少女たちは互いに目配せしてから笑いだす。その笑顔が周龍にはどうにもすっきりしない。

私たちが知っちゃいけませんか。オギが大法螺を吹いているのか、本当に独立軍にいたお姉さんなのか。

平元《ピョンウォン》ゴム工場に勤めてるんでしょう。私の叔母と同じ工場の。でも叔母はそんな話聞いたことないって言うから。

周龍はすぐ傍《そば》に立っている背の高い少女の肩越しにオギの小さな姿を認める。工場から出てきたが、周龍が同僚に取り囲まれているのを見てこちらに来ようか来まいか迷っているようだ。少女たちは何やかやといつまでも騒いでおり、周龍は目でオギの姿を追いつづける。オギはしばらく逡巡していたが、工場前の空き地をぐるりと回って遠ざかる。

お姉さん、早く答えてください。私たち、答えにくいこと訊いてますか。

部隊を離れてからは、そこでどんなことをし、どんな経験をしたのか誰にも話していない。誰にも訊かれなかったし、周龍自身も黙っているべきだと考えた。間島から遠く離れた身で、独立軍の部隊へと導いた夫も世を去った今となって、なお隠すべきことがあるだろうか、との思いでオギにだけ話して聞かせたのだ。臆することはない。どうせしがない身の上ゆえ、警察署に出向いてあたしはかつて独立軍だった、と自白したところで信じてもらえぬはず。オギも折に触れ嘘ではないかと疑いながら話を聞いていた。多少は法螺吹きと思われても構わないと思いつつ語ったのだった。いつか誰かに聞いてもらいたい話でもあった。

とはいえ世間の噂の種になってもいいと考えていたわけではなかった。周龍は独立軍部隊での日々や自分の行動を立派な愛国行為だとは思わなかった。むしろ恥ずべき面の多い話だと思っていた。自分がいかなる経緯で若くして寡婦になったのか、その顚末だったから。そのために獄に囚われたことまではオギにも話していなかった。思い出すにつけ昨日のことのようにつらい出来事だ。

周龍はしばし思いに浸ったが、やっとのことでひとこと言う。

オギが何と言ったか知らないけれど、オギを虐めないで。

少女たちは一斉に笑いだす。

私たちがオギを虐めてるように見えますか。何の得があってオギを虐めたりするんですか。あんな味噌っかす。

そのことばが鋭く周龍の胸を射抜く。

お姉さん、怒るべきですよ。オギってば見栄を張りたいくせに何の取り柄もないから、お姉さんの七光を当て込んだんですよ。

周龍が何と答えていいのかわからず茫然と立ち尽くしているうちに、少女たちはまたひそひそ話をすると寮のほうに行ってしまう。

家に戻る道すがら、周龍は淵源を知りえぬ憤りを宥《なだ》め賺《すか》しながら、幾度も少女たちの言ったことを反芻する。少女たちの言うとおりだろう。オギは目立ちたいくせに他の職工と似たり寄ったり。目立ちたいという漠然とした思いさえも、他の少女たちとおよそ違わぬ子。そんな子だから周龍から聞いた話を自分の武勇談のごとく言い募ったのだろう。一昨日《おととい》だったかに話したときもそうだ。独立軍の将軍をご近所さんみたいに狂雲さんと呼んでいたなど、小耳に挟むくらいならいかにもそれらしく気の利いた話だろう。かつて慕っていた相手がもはやこの世にいないことが切なくて聞かせてやった話を、虚栄心を満たすための自慢話よろしく吹聴して回るなんて。あの子、どうとっちめてやろう。

枝折戸を入るが、何かが妙だ。犬の吠えないのは今更のことではないが、部屋が真っ暗なのは変だ。ランプの灯が点いていないのだ。まさかと思って戸を開けてみたが部屋には誰もいない。奥の部屋からぼそぼそと話し声が聞こえる。オギの父親が何やらオギを諫めているらしい。それですっかり気が抜けてしまう周龍である。叱られるのを恐れてこっちに顔を出さない子をどうせよというのか。

幾日ものあいだなんとかオギと話せる機会を窺う。日ごろ宵っ張りの朝寝坊だった子が、夕食を終えるともう寝るといって奥の部屋に引っ込み、夜が明けるが早いか出かけてしまうので、ひとつ屋根の下で暮らしているとは思えないほどだ。

オギの工場の少女たちからはじめて話を聞いた日から一日二日ほどは、もちろん憤りを抑えるのは難しかった。けれどそれからしばらく経つうちに、一〇歳以上も年下の子にその程度のことで腹を立てるのはいかがなものかと、幾許《いくばく》かの羞恥心が芽生えるのだった。自分のことで口さがなく噂されるのはやっぱり御免だが、オギが少しばかりそうしたからといって、こんなふうに仲違いしていいのか。過去の話や本音の話を打ち明けられるほど近しかった子といつまでも拗《こじ》れたままで構わないのか。

半月近く過ぎ中秋の目前になってようやく、オギのほうから周龍の部屋の戸を叩く。窺えるだけ機会を窺い、待てる限り待っただけに、周龍はもはや気を揉んでさえいない。

来るべきときが来たな、オギめ、この憎ったらしい子。

わざと一呼吸置いてからつとめて歓迎の色を隠して戸を開ける。オギは周龍の顔を見るやいなや意外なことを言う。

姉さん、あたし中秋の休み明けに寮に入ります。

取っ手に手をかけたまま唖然として立ち竦んでいたが、生唾を呑みこんでから周龍はやっと口を開く。

言いたいことってそれだけなの。

オギは黙して答えない。


中秋の節句の日、工場は一日休みになる。

周龍は近所から市内へと向かう表通りの辻に立っている。魂迎えの儀礼を済ませ墓参りに出かけたオギがじき戻ってくるはずだ。

中秋や正月の墓参りの時分には昔のことを思わずにいられない。間島のころの粗末な供え膳。村人どうし手元不如意ながら僅かずつ出し合って搗《つ》いた餅。食べるのが勿体なくて仕舞っておいた生栗をずいぶん経ってから思い出して一口齧ってみたら埃みたいな味がしたこと。一杯のお屠蘇に浮かれて寒さも何のその、家の周りをぐるぐる駆け回ったこと。雉でも鶏でもなく兎の肉で汁を作って食べたこと。それらに交じって瞼に浮かぶいくつもの顔。家族たち。

オギは水で濡らして一筋のほつれもなく結い上げた髪型で現れる。

お待ち遠さま。待ったでしょ。

ううん。行こう。

まだ歩くのに寒い陽気ではないが、周龍は手が悴《かじか》んでいるかのごとく腕組みをしたまま歩く。その傍らで首《こうべ》を垂れて指を組んだり解《ほど》いたりしているオギの姿を目にしたくなくて、周龍はしきりに目を逸らす。

今日散歩しようと言いだしたのは周龍だ。寮に入るからとてこれからまるっきり会えなくなるはずもなかろうが、オギが自分と暮らすことに負い目を感じ、いたたまれなくて寮に入るのだと察せられる以上、最後にそれらしい思い出のひとつくらい作ってやりたい。こんなことして何になるという気もするが。

オギ、乙密台《ウルミルテ》に行ったことある?

すごく小っちゃいころ行ったきりで、あとは行ってない。

大同橋《テドンギョ》まで黙したまま歩き、橋を渡りはじめるとオギがぴたりと身を寄せて周龍の肘を摑む。

高いところが怖いの。

ちょっとね。

舟に乗ろうか。

ううん。このまま行こう。

折からの休日だからか、平壌市内でもいちばんの繁華街に向かっているからなのか、かなりの人混みだ。腰が引けて足取りの重いオギと連れだって人混みを掻き分けながら行くため、なかなか進まない。後ろの人が苛立って次々と追い越していく。それも満更でもないな。周龍はオギに合わせてゆったりと歩く。

大同橋は周龍の幼いころにはなかった橋だ。大同江《テドンガン》を歩いて渡れるなんて世の中進歩したものね。オギが黙ったままだから、愚にもつかない考えばかり浮かぶ。周龍も乙密台は幼いころ行っただけで、大人になって行くのは初めてだ。その気になりさえすればいつでも行けると思っていたら、そうなった。

あそこに登ってみようか。

錦繡山《クムスサン》の乙密峰《ウルミルボン》、ゆうに一〇メートルはある高い石垣の上に気の利いた楼閣をぽんと建てたのが乙密台だ。石垣に登って大同江を見下ろさなければわざわざ行った甲斐がないのだが、石垣の上はすでに見物客でいっぱいだ。オギは周龍の誘いにかぶりを振る。

ここから見ればじゅうぶんだよ。

そういえば高いのが怖くて橋を渡るのさえ往生してたんだから、石垣にまで登ることないな。周龍は歩いたせいで滲む汗を手で煽ぎながら石垣の辺りをゆっくり歩く。橋の上でぴったり身を寄せていたのが嘘だったみたいにオギは一、二歩後からついてくる。

食べたいものある?

周龍はオギに聞こえないと困るので大きな声で尋ねる。オギの答えはややあってからだ。

コーヒー飲んでみたい。

カフエーでオギは、周龍がはじめてコーヒーを飲んだときとまったく同じ表情をする。差し向かいでゆっくり談笑でも交わすつもりだったが、オギが煎じ薬を飲むみたいに一気に飲み干してしまったので腰を落ち着ける間もなく席を立つはめになる。コーヒー代を支払うときも、周龍が最初そうだったようにオギは顔面蒼白になる。

つとめて当たり前のようにオギにあれこれ教えてやり、これくらいの余裕はあるふうを装ってコーヒー代を支払う周龍にしても、はじめてコーヒーを飲んだのはわずか幾月か前で、オギよりせいぜい二、三杯余計に飲んだことがあるだけだ。そんなことはオギに知られぬまま、ただ憧れの対象たる姉さんでありたい。それはオギが同僚の中で目立ちたいと願う虚栄心と大差ない心持ちだろう。もう少し早くそこに考え至り、自分だってそうなのだともう少し早くオギに言ってあげられたなら。

舟に乗って川を渡り家の近くに戻る。家に着くと澄まして奥の部屋に行こうとするオギを周龍は呼び止める。

今夜は一緒に寝よう。

オギはためらいがちに部屋に入ってくる。周龍は風呂敷包みを取り出してオギの前で開く。

これ、履いてごらん。

オギの足の寸法が幾文《もん》なのかわからず、これくらいなら履けるだろうと自分の足より少し小さめのを持ち帰ったのだ。オギはじっと見ていたが立ち上がってすなおに足を入れる。

ぴったりだ。

そう言ったのはオギだ。何がぴったりなものか、踵が弾けそうなほど引っ張って無理やり足を押し込んだくせに。これからまだ育つことを考えて、もっと大きなのを選べばよかった。周龍は口に出してそう言えず、呑み込む。祝言《しゅうげん》の日、母が用意してくれた履物のことをふと思い出す。いつどこで失くしたのか思い出せないが、ゆるくもなくきつくもなく、ちょうど合った履物。なぜ突拍子もなく今更そんなことを思い出す。喉元に込み上げる嗚咽をしきりに呑み込みながら、周龍は思いを絶ち切る。

姉さん、ごめん。

何のこと。

姉さんのこと勝手に言いふらしたのと、すぐにちゃんと謝れなかったのと……。

だったらなしにする？　寮に入るの。

もう契約しちゃったもん、それは無理だよ。

そうか。ただ言ってみただけ。気にしないで。

周龍はため息をついて布団を敷く。オギは後からおずおずと座る。

姉さん、これっきりお別れじゃないからね。

わかってる。もう寝よう。

ごめんね。

何謝ってんの、さっきからずっと。

周龍は寝床にごろりと横になる。

オギの歌うの、聞かせてよ。

オギはためらいがちに尹心悳の歌を歌う。嗚咽に調べが乱れる。

寂しき世　険しき苦海　汝は何を求め……。

オギは終いまで歌えない。

微睡《まどろみ》のはざま、ふとオギが起き出す気配を感じる。寝返りを打ってオギに背を向け、すっかり出ていってしまうまで眠ったふりをする。オギは少し逡巡していたが、掛布団を引き上げて周龍の肩口にしっかりと掛け直し、出ていく。周龍は向き直ってオギの寝ていた跡を撫でる。わずかに凹んでいた敷布団が周龍の手で伸されていく。

またひとり友を失った。

不思議なほど何も感じない胸を周龍は撫で摩る。胸に浮いた肋《あばら》をくっきりと手に感じる。鉄格子のごときこの肋の内に何かが囚われているという思いがする。

3

ハタラカザルモノ、イヘニカヘルベシ

隣の工場の塀に貼り紙がある。周龍《ジュリョン》は出勤途中にしばし立ち止まってつかえつかえ文字を読む。

はたら……か……ざ……る……もの、いえ……に……。

言わずもがなのことを何のために大書して貼り出したのか。よくよく考えてみると、このところストライキが流行りとかで工場地帯のそこここに休業中の会社が少なくない。ストライキ中の人たちへの当て付けに書いたんだ。周龍はようやく納得して頷く。

ストライキ中の他の工場の職工たちは家に帰らない。工場近くに陣取り、要求項目を大声で訴えている。周龍もそうだが、周龍の同僚にはまだ労働組合に加入した者はいない。ときおり労働組合の件が話題になることはあるものの、職制の目もあってうやむやのまま沙汰止みになってしまう。

一日《いちんち》じゅうストライキって、工場のモーターが回んなかったら錆びちまう。誰か出て機械を回してやんないと戻ってから仕事になんないね。

朝見かけた貼り紙の話をすると、ホンイ姉さんがぴしゃりと言う。ホンイ姉さんはストライキや労組の活動なんぞいかにも虫が好かぬと思う部類だ。

あいつら工場に仕事がないからあんなことしてんのよ。うちの工場だって昔、ほら、大恐慌っていったっけ。あんとき仕事ががっくり減ったじゃない。一月《ひとつき》ずっと出勤した子もいたけど、週二、三日しか出勤できなくて雀の涙ほどの給金だった子もいて。工場がまるっきり休みになることもよくあったし。どうせ仕事もないしストライキしたら給金を一銭も払わなくていいから社長はほったらかしだったし。

よくよく聞くに、ホンイ姉さんの言うことはどれももっともな話だ。ストライキだ何だと、どうでもいいことに血道を上げてるんじゃないかという気がする。けれどそういうホンイ姉さんだって経営陣に不満があるのは一緒じゃないのか。

じゃあホンイ姉さんだったらどうするの。

私が社長だったらみんな馘《くび》にして新入りを雇って仕事を教えるね。

わあ、根っからの親分肌ね。

成形部でいちばんの古株のホンイ姉さんは熟練工の中の熟練工ゆえたいして案じることもなかろうが、経歴が一、二年になるかならぬかの若手の職工は立場が違う。他の工場も事情はみな同じだから離職を考えるわけにもいかない。ただ、配合部やローラー部など他の部署や保守管理の仕事で雇われている男の職工は毎日の出勤が保障されており、男だから、一家の主だからすぐに馘になることもなかろうが、成形部で働く女たちはホンイ姉さんの言うとおりいくらでも挿《す》げ替え可能だ。以前だったらひそひそ声でお喋りに興じながら働いていた職工たちが、本当に解雇されるかもと恐れをなしたかのように息を潜めて作業に没頭している。年がら年中難癖をつけて回っていた作業班長さえも、このごろは大人しく自分の仕事に掛かりきりだ。

案の定、終業時間の切り上げだ。今月に入ってからは昼ご飯も出なくなり、家に帰るのが当たり前になった。どういう風の吹き回しかと思ったのは、日ごろは顔を見せもしない工場長が終業前に偉そうに現れ、職工を集めて訓示を垂れたことだ。賃金引き下げを断行したときも工場に来ることのなかった御仁だ。どうせ早く退けるならとっとと帰って家事に精を出したい女工にとってはどうにも面倒で鬱陶しいったらないのだが、その内容はさらに呆れたものだった。職工どうし三人以上で一緒にいるのを見咎められたら今後の不利益は免れまいと、半ば脅迫まがい。

何の戯言《たわごと》よ。三、四人で腕を組んで歩いてたら警察に突き出すってのかよ。工場の門を出たら私の自由だろうが。

午前中には言うことを聞かなきゃみんな馘にして新入りを雇うと言っていたホンイ姉さんがいちばん大きな声でぼやく。そのことばどおり、これ見よがしに周龍とサミの腕に腕を絡めたままだ。サミは乳飲み子を抱いているから頭数なら都合四人だ。

だって御不浄にも連れだって行くのに、あいつ、ああせいこうせい口出しして何様のつもり。三人集まったりしたらこの工場にも労組ができるんじゃないかって気が気じゃござらんってことだろ。

周龍はわざと声を張り上げて皮肉を言う。幾人かずつ連れだって退勤する女工たちが周龍の言うのを聞いて噴き出す。

だけどうちの工場、本当にストライキしないのかな。

どうしてうちの工場までストライキするのよ。

だって、ピヤン（平壌）のゴム工場の職工ならば全員ストライキに参加して団結の意志を何とかかんとかって、そう言ってたから。

サミがどこかで耳にした科白《せりふ》をそれらしく真似て言う。工場地帯の空き地で毎朝集会が行われる。そこから聞こえてくる声がちょうどそんな内容だ。

他の工場がストライキしているとき、うちの工場が動いてれば得なんじゃないの。そうじゃなくても賃金が引き下げられたんだから一日でも多く出勤してせっせと働かなくちゃ。

違います。社長の言うことにへいこら従うよりか、我々の要求を社長に呑ませるほうが結局は得なんです。

ホンイ姉さんが言ったのを受けて不意に誰かが割り込んでくる。風体を見ると、近くの天幕で寝泊まりしている労働組合員らしい。疲れ果て粗末な身なりをしているが眼差しだけは炯々《けいけい》と輝き、少し気が触れているようにも見え、何かしら抗えぬ力が溢れているようにも見える。

我々の要求って何なんですか。私がいつそちらさんの言う我々に仲間入りしたんですか。ホンイ姉さんが警戒しつつ周龍とサミと組んだ腕に力を込める。

労働する者はみな労働する我々なのです。社長に何か望むことはまったくないんですか。

私はお給金をちゃんと払ってくれて、あと殴らなければ結構です。

我々の要求がまさにそれなんです。賃金の安定と労働者の人格を認めた処遇が第一です。有給の出産休暇、つまり子どもを産んで養生するあいだ家で休んでいても俸給をもらえることも我々の要求に含まれています。

声をかけてきた人はサミに抱かれた赤ん坊を見ながら言う。サミは赤ん坊を抱え直して尋ねる。

稚児《やや》を産むのは家《うち》のことなのに、働かないで家《うち》にいてどうしてお金がもらえるんですか。

それが当然の権利なのに、これまで我々が知らなかったのです。

ねえ、行こう。どう見たっていかさま師みたいだ。

ホンイ姉さんが馬の轡《くつわ》を引くようにふたりと組んだ両腕を引っ張る。周龍もサミも動く気配がない。ストライキ団の団員はにっこりと笑う。

勤務時間を減らされたんでしょう。こちらへどうぞ。それがどうして我々の権利なのか、我々がゼネストで何を要求しているのか、詳しくご説明しますから。

天幕の中にはすでにおよそ五、六〇人ほどが座っている。ところどころ男の職工も交じっているが片手で数えるほどで、あとはみな周龍のような女工だ。白いチョゴリ、黒いチマのゴム工場の職工たちが、ずらり並べた海苔むすびよろしく座って待っている。周龍はふと作業班長がここに交じっているのではと想像し、ぞわりとする。

御不浄に行ってくる。

ホンイ姉さんがそろそろと尻込みして言う。周龍たちを案内したストライキ団員がホンイ姉さんの袖口を摑む。

お便所がどこにあるかお教えしますから一緒に行きましょう。

いえ、大丈夫です。

ひとり抜け出すための策だったのか、ホンイ姉さんは気の進まぬ顔で腰を下ろす。どれほどの人々が踏み擦《さす》ったのか、すっかり禿《ち》びて地面が透けて見える筵《むしろ》が周龍は気になる。ホンイ姉さんが腰を下ろそうと筵の泥を手で払っていると、人々が拍手しはじめる。木箱を伏せて間に合わせに作った演壇に誰かが立ったのだ。

ご機嫌よろしゅう、同志たちよ! ピヤン労働総同盟のゴム工、姜徳三《カンドクサム》です。

だしぬけに同志たち、と言われた瞬間、周龍の胸がじんと響く。同志ということばを耳にしたのはいつ以来だろう、記憶を辿れない。

今日この場には我々ストライキ団に加入したばかりの同志もいるし、すでにストライキ団の教育に幾度も出席して繰り返し聞いた話をまた聞こうとお集まりの同志もいるし、まだゼネストに賛同の意思のない皆さんもおいでです。同盟に加入する意思をお持ちでない皆さんでも構いません。今日はただゼネストにいかなる意味があるのかだけ知ってお帰りになってもようございます。我々はすでにゼネストを予告し、ピヤン市内のゴム工場二三〇〇同志の決意を結集して行使する日程も決まっています。

平壌《ピョンヤン》でゴム工業に従事する女性が二三〇〇人もいるということか。周龍はその人数を聞いただけでわけもなく心臓がどきどきするのを感じる。

今日、新人ストライキ団教育を受けて心動かされた方は、この場で加入申込書に拇印を押してご提出ください。加入せずとも結構です。ここまで来るだけでも大きな決意と勇気を伴ったでしょうから、すでに我々はみな同志です。労働するみなが同志なのです。

姜徳三はもう一度大きな拍手を受けながら演壇を降り、次に丸眼鏡をかけた男が演壇に立つ。照れくさいのかしきりに眼鏡をずり上げてはきょろきょろする。もとは黒だったらしいが着古したせいで羊羹色に褪せた朝鮮外套を着ている。姜徳三は自分と同じゴム工場の女工だから親近感を覚えた一方で、力強い語調のせいでどこか一目置いてしまう面があったとするなら、次に出てきた男はインテリっぽいのに口を開きもしないうちから粗忽そうに見えるのが面白い。ストライキ団員が大きな紙を一枚ずつ捲《めく》って見せる台を演壇の傍《そば》に引きずってくる。幼いころ学校で見たことのあるあれだ。懐かしくて周龍はホンイ姉さんの脇腹を肘でつつく。うんざりした顔で座っているホンイ姉さんは周龍の手を煩わしそうに振り払うが、先ほどのように抜け出す隙を窺ったりはしていない。そんなホンイ姉さんの様子に笑い出しそうになるのをぐっと堪《こら》え、周龍は反対隣に座るサミに目を向ける。ホンイ姉さんのこと見てよと耳打ちしようとするが、サミはいつになく真剣な面持ちで前を見つめている。

先だっての世界経済大恐慌の話題を枕に演説を始めた男は、捲り台の紙を次々と捲りながらストライキ団の労働条件改善要求案について話していく。周龍たちを案内した団員の言ったとおり、要求案には出産休暇の件まで含まれている。合い間合い間に周龍はホンイ姉さんとサミの顔色を窺う。サミは目に涙を溜めている。ぐずる赤ん坊にチョゴリをはだけてお乳を含ませながらも、サミは演壇から目を離さない。天幕の中にはサミのように赤ん坊を抱いている女が一〇人以上いる。

教育が終わるとストライキ団の幹部たちが新規加入希望者に加入申込書を配る。サミがぱっと手を挙げる。躊躇なく拇印を押し、ついでに加入に当たっての感想まで発表する。赤ん坊を抱いたサミが進み出て演壇に立つと、他の誰が演壇に立ったときより大きな拍手が起きる。

今まで稚《やや》を産んで仕事に行けなけりゃお金がもらえないのは当たり前だと思ってました。だけど今日、教育を受けて知りました。もし社長が出産後の有給休暇を保障してたなら、うちは稚を産んだばっかかで往生してたあたしを工場に送り出したりしなかったろうし、そしたらあたしももっと元気になって復帰してもっと一生懸命働けたと思います。

拍手が湧き起こり、サミは少しはにかんで口ごもる。サミの頬に涙がぽろぽろとこぼれる。サミは赤ん坊を産んでから涙脆くなった。拍手が鳴り止むと、サミは赤ん坊を掲げてから力いっぱい抱きしめる。

今日組合で教えてくれた限りでは、ストライキ団の要求の一六、七番目だかにやっと出産休暇の話が出てきます。それがちょっ残念だってこと以外みんなあたしの思ったとおりで、とても有益な勉強でした。次の子を産むときは間違いなく有給休暇を取るつもりです。

祝言《しゅうげん》を挙げてすぐ就職したというサミは、しばらく子どもを授からないとずいぶん悩んでいた。もともと月の物が不順だから子どもを身籠りにくいのかも、というのはホンイ姉さんの見立てで、身籠ったことはないが周龍もその意見には頷けた。食の細いサミがときに蒸したゴムの臭いに吐き気を催したりすると、いよいよ、という目でみな注目し、サミがいやいやとかぶりを振ることも茶飯事。このままずっと授からなかったら妾を迎えるとか何とかって話もあると、サミが軽口を叩くこともあった。あの暮らし向きで妾なんて法外な、周龍はそう言う代わりに収まらぬ胸をどんどんと叩いた。

サミの家に稼ぎ手はサミしかいない。夫の女きょうだいはみな嫁いでおり、サミの夫は曲がりなりにも息子だからと老母と同居してはいるものの、家業を営むでなし、勤めに出る算段をするでもない。結納金だと実家に結構な額を持たせてよこしたと聞いてそこそこのお大尽の端くれに嫁げるんだと頼もしく思っていたサミは、祝言を済ましてから、その金がこの家の虎の子の財産だったと知った。牛一頭を買うより安値で自分を買ったんだ。子も産むし仕事にもこき使える牛同然の存在として。

祝言のあと幾日もどうしたものかと思案していたが、工場に勤めてみたらいっそそのほうが息を吹き返せたとサミは言った。家に閉じ籠って何もしない姑から、夫から、鳥の餌よろしくつつかれるより、外に出て働き、同年配の仲間と付き合うほうがはるかによかった。

金を稼ぎ家事をこなすことで自分の務めを果たしていると思っていたが、姑から子どもができぬと詰《なじ》られた。赤ん坊は当然産むつもりだったから動揺し、悲しまずにはいられなかった。半年ほどそうやって責め苛まれ、嫁いで一年が過ぎるころからは夫も妾の話を平然とするようになったとサミは笑顔で言った。つまりあたしの稼いできたお金で別の女を買おうって魂胆か、勝手にすればいい。あたしに落ち度があるから、あたしじゃ役立たずだから仕方ないみたいに言うのはなんでだろう。もとからそうする気なのに、あたしのせいにするのはどうして。

月の物が止まって四月《よつき》してからサミは今度こそはもしや、という思いを抱いた。親しい付き合いの周龍とホンイ姉さんにだけ話すつもりだったのに、ホンイ姉さんに話したら工場じゅうの噂になった。ホンイ姉さんはサミの腹を撫で、硬いね、今度は間違いないと元気づけてやった。工場の仕事や家事に追われて赤ん坊が持ち堪えられるか案じられると言うと、ぎゅっと手を握ってこう言った。

母ちゃんがゴム工場で働いているのを知ってるから、稚児《ややこ》もゴムみたいに粘り強くしがみついてるはずよ。うちの子もみんなそうだったもの。

七か月目になるとようやく腹が目立つようになった。それまでは日ごろと変わらず殴る蹴るの言いがかりをつけていた作業班長さえも、そのころからは手加減するようになった。サミの子に万一のことがあろうものなら自分のせいにされると怖気づいたようだ。

産み月になってもサミは工場の休業日以外は欠かさず出勤簿に判子を押した。いよいよ月が満ちると割当量に一、二足追いつかない日がときおりあった。そういう日は同僚の職工が代わり番こで埋め合わせしてやった。そういう日が特に多いわけではなかった。

出勤してほどなく破水して早退《はやび》けしたサミは、三日後にげっそりやつれて戻ってきた。生まれたばかりの嬰児《みどりご》を抱いてだ。一日も早く出勤したかったが、一晩がかりで赤ん坊を産んだあと昏倒するがごとく眠り込み、そのまま目覚めず休まざるをえなかったと言った。体じゅうの節々が鉄を噛みしめた奥歯みたいにぎしぎし痛むと言いながらも、片腕に赤ん坊を抱えたままもう一方の手でゴムをせっせと成形した。家で子育てするとなると稼ぎ手がいなくなるから困るし、赤ん坊を置いて働きに出るには姑も夫も当てにならないので連れてきたと言った。呆れた話だが、ホンイ姉さんはサミのような身の上の女はいくらでもいると言った。サミはサミで稚《やや》に何かあったらどうしようと言うと、ホンイ姉さんはかぶりを振った。天の定めには抗えぬと。

年を越してサミの赤ん坊も数え二つだ。

ふとサミのほうを見るたびにサミは泣いていた。目が合うと肩を竦《すく》めた。悲しくて切なくて泣いているのではなく、お産のとき息みすぎて涙腺が壊れたみたいだと言った。女の子だったからもうひとり産むぞと夫に言われたと、サミは笑いながら言った。笑顔の頬に涙がとめどなく伝った。

翌日も早仕舞いだ。周龍はサミと話して成形部の職工もう幾人かと連れだってストライキ団の天幕を訪れる。ホンイ姉さんもぶつくさ言いながらも結局は一緒に中に入る。天幕の中は前日より混み合っている。周龍たち同様、前日来ていた職工が同僚を誘って来ているのだろう。

早仕舞いする工場がこんなにも多いんですか。これじゃ労組運動をやれ、ストライキしろって発破かけてるようなもんじゃないですか。

前日と同じく演壇に立って自己紹介をしてから姜徳三が飛ばした冗談に、一同は笑いさざめく。

この日を機に早上がりの日や休みの日にはきまってストライキ団の本部に行く。特に約束していなくても、同じ工場の職工たちと天幕の中で鉢合わせすることもままある。ほぼ毎日立ち寄りながらもまだ加入申込書を出せずにいた。初日にいち早く拇印を押したサミや周龍に連れてこられた同僚、さらには当初はあれほど煙たがっていたホンイ姉さんまでも申込書を出したのに、周龍ひとり今なおためらっている。そのためらいがどこからくるものなのか周龍にもわからない。ストライキ団の教育を受けたとき胸が熱くなりときめきを覚えたまではいいが、それだけで後先考えずに飛び込んでもいいものか、幾度となくわが身を振り返ってしまう。

ゼネスト大会が三日後に迫った日、工場長がまたもややってきて特別訓示を垂れる。昨今我が工場の勤労職工らが不良なる思想に感染したやもしれぬとの情報が寄せられた、我が工場には斯様なる仕儀の聊《いささ》かも無きよう特別措置を取るものとせん。およそそんな話だ。

つくづく馬鹿げたこと言うもんだ。便所でひっくり返って頭から糞壺に嵌ってろ。

工場の正門を後にしながら周龍がそう言ってもサミは笑わない。相槌を打って笑ってもらいたかった周龍は、サミの腕を摑んでわざと明るい調子で浮かれてみせる。

特別措置が何だっての。たかだか今日みたいに訓示でも垂れて職工に凄んでみせるくらいのもんじゃないの。

ずっと暗い面持ちだったサミは周龍の手からそっと逃れる。

リョンイ、今日はストライキ団を脱退するって言いに行くつもり。

いきなりどういうこと。

昨日うちの人に言ったの。ストライキ団で活動してもっといい暮らしを求めたいって。早仕舞いなのに夕方ご帰館とはどこほっつき歩いてたんだって訊かれたから、仕方なく言ったのよ。そしたら新聞でもストライキのことで持ち切りなのを知らんのかってぎゃあぎゃあ騒ぐの。

愚かなやつ。ね、賢いあたしたちが目を瞑ってやろう。

周龍はわざと滑稽に言うが、サミはとうとう涙を流しはじめる。何かにつけ涙を見せるサミだが、今度の涙はいつもと違うと周龍にもわかる。

社長の特別措置なるものが昨日もう断行されたんだ。一昨日《おとつい》工場の事務員が家《うち》に来てこの家の女房もストライキに加担するのかって訊かれた。ストライキに加担したら解雇だって言われて、うちの人にもストライキしてみろ、そんときゃ離縁だって怒鳴られたの。

周龍は泣きじゃくるサミが気の毒な反面、今の話を鼻で笑いとばしたくなる。

何言ってんの。ならばいっそ離縁しちゃいな。あんたの家でまともな稼ぎのあるのはサミ、あんただけでしょ。離縁したらどっちの得か、わかってて言ってんの。

離縁したら子どもを取られちゃうよ。ストライキして離縁された女って後ろ指差されるのも怖いし。

何くだらないこと案じてるの、と言いかけて周龍は口を噤む。そういう自分も若後家と陰口を叩かれるのが怖くてあえて目立ちたくない身。慰めのことばを探して思案しているあいだもサミは泣き止まない。

加入して一月《ひとつき》もしないで脱退を申し出るのも恥ずかしいけど、家のために稼ぎに出たのに、権利を優先して家がめちゃくちゃになったらどうしようって怖くなったの。どうしよう。どうすればいいの。

ね、しっかりして。間違ったことしてないんだから泣いちゃだめ。あたしを見て。ほら、あたしを見るの。

周龍はサミの両の肩をしっかりと摑む。サミは泣いたせいで伏し目がちになる瞼に力を込めて周龍を正面から見据える。

あんたが辞めたらあたしが入る。それでおあいこ。あんたの代わりにあたし、労働運動をやり抜いてみせる。

ひとり辞めてひとり入るの、そんなに大きな違いがあるの。

大違いだよ。あたし、ただの団員じゃ収まらないからね。サミ、あたしがどうしてずっと加入を先伸ばしにしてたか知らないでしょ。生涯を賭ける決心がつくまで加入すべきじゃないって思ってたからまだ加入しなかったんだ。だけどあんたが辞めるっていうんなら、あたしが入らないわけにはいかないでしょ。あたし、あんたのために組合に入るの。あんたがあたしを加入させたってこと。

サミは泣き止む。周龍は我ながら何を言っているのかわからない詭弁を夢中で並べたてる。

あんたひとり抜けてあたしひとり加入するんじゃないよ。あたし百人力千人力の活躍をするからね、サミ、あんたのお陰でストライキ団は百人千人の援軍を得たんだよ。わかるでしょ。

何がわかるというのか、サミは頷く。頷きながらもきょとんとした顔だ。調子づいて周龍はサミの手首を摑んでストライキ団の天幕に連れていく。

加入申込書一枚、脱退届一枚、どっちもください。

加入なら加入、脱退なら脱退だろうに、両方の用紙をいちどきに所望する周龍のことばにストライキ団の幹部は首を傾げる。申込書に署名し、拇印を押しながらも周龍はなおサミの顔色を窺う。サミもあたふたと脱退届に拇印を押し、周龍の様子を見ていたところだ。周龍は申込書をひらひらして見せながらにやりと笑う。

この日の組合員教育には近くの製糸工場の労働組合支部長とやらが現れて連帯発言をする。周龍はサミの手を握り、オギのことを考えながら話を聞く。支部長とはいえオギより二歳ほど年上かと思われるうら若い娘だ。

大多数の社長が朝鮮人のゴム業界とは違って、私たち製糸業は大半が日本の資本でやってます。つまり私たち製糸業界の労働者は絶対多数が女だという点、それも若い女だという点に加え、少しでも蜂起の気配を示せば日本の警察が監視し圧迫する三重苦の中、これといって抵抗するのも難しいのが実情です。いくら若くても労働の価値を知る一人前の労働者たる私たちのことをうつけ者と思ってるらしく、先月よりこき使うくせにお給金は出し渋り、学校に通わせ寮に住まわせてやるといって教育費とか寮費とか巻き上げておきながら、出されるご飯は鼠の糞入りです。手に湿疹が出たり、栄養不足で入院したりした仲間が幾十人、幾百人ですが、どうせ嫁に行ったら糸取りを辞めてゴム工になるんだろうと、邪険に扱うのもあいつらのやり口です。この仕事にどうせ熟練工は必要ないから使い捨てればそれっきりってことです。

ゴム工の話が出ると会場から拍手が湧く。拍手すべき話なのか戸惑いながら周龍もぱちぱちと手を叩く。

そのとおりです。いずれゴム工になるってことはわかってます。女工が大人になったからって他に何になるでしょう。だからこの場においでの同志の皆さん、先輩方が私たちの未来なのです。先輩方の勝利が私たちの勝利であるがゆえに私たち蚕糸の同志も先輩方のゼネストを力を合わせ心を合わせて支持する所存です。

ふたたび割れんばかりの拍手と歓声が起こる。周龍も今度は熱狂的に手を叩く。じきに嫁にでも行くのがお似合いの小娘だなどと考えていた自分が恥ずかしい。己の置かれた現状と立場とを若くして悟り、いち早く権利を求めて立ち上がったところなど自分よりはるかに器が大きいとさえ思える。つらくないかと尋ねるたびに大丈夫だと言うばかりだったオギへの思いも消し去れない。これまで何を迷っていたのかわからない。熱意と誠《まこと》とをすべて捧げてストライキに臨むのがサミのための道であり、オギのための道であり、自分自身のための道なんだと、なぜわからなかったのか。

次は新規加入の組合員が決意を述べる番だ。周龍は両手を挙げるだけでは飽き足らず、勢いよく立ち上がり、指名されもしないうちから大股で前に出ていく。

ご機嫌よろしゅうございます、同志の皆さん。平元《ピョンウォン》ゴム工場成形部工の姜《カン》周龍がご挨拶いたします。あたしは平元ゴム職工組合の次期支部長になろうと思って加入しました。

一瞬静まり返ったが、たちまち笑い声と拍手が巻き起こる。人々の笑顔の中、サミの顔がとりわけ晴れやかに見える。周龍ははにかみながらも意気揚々となって話を続ける。

実はあたし、モガになるのが夢でした。違うか。今もモガになりたいって夢は捨てられないから。でも今はストライキ団で先鋒に立つのがあたしの願いです。

あいつ何者だよ、というような笑い声がさらに高まる。いい年をして年甲斐もなく与太を飛ばす女、あるいは人前で笑いを取りたい目立ちたがり屋に見えるだろう。

どうしてお笑いになるんです。勤労するゴム工はモガになっちゃいかんという法がありますか。勤めはじめたころ、班長さんがこの髪を引っ掴んでがんがん打ち据えながらそう言いました。モガってのは学生か妓生《キセン》なんだって。モガになりたきゃ俺と自由恋愛しようじゃないかと薄汚いことばさえ吐きました。

あたし、勉強ときたらここで教えてくれた教育しかない無学な女だけど、教育を受けたからわかるような気がします。女工はつまらん、モガはご立派、そんなんじゃないってこと。みんな同じ、人間だってこと。ゴム工がモガを夢見ようが見まいが、職制がそんなことしちゃだめだったってこと。

会場は静まり返る。誰かが手を叩きはじめる。静かに始まった拍手の音が次第に大きくなっていく。周龍は拍手が静まるまで待って喉に込み上げる嗚咽を抑える。

今日あたしが加入し、隣の席で働くあたしの同志、あたしの友達が脱退することになりました。どうしてかおわかりですか、皆さん。うちの社長が友達の家に手下を送ってストライキ団に加わったら離縁されるよう仕向けたんだそうです。

あたしもそうだ。

うちもそうされました。

そこここから声が上がる。周龍はサミが泣きじゃくっているのを見る。

思うに、あいつらがあたしたちのことを人間と思ってないのは確かです。あたしたちが人間だってことを、それもあいつらより強い力を持った人間だってことを、あたしたちの手で示すには、姜徳三先輩の仰ったようにあたしたちの団結の意志をゼネストで見せつけてやるべきです。あたしはせいぜい七日か八日しか組合員教育を受けてないひよっこですが、あえて力を込めてもう一度言いたいと思います。この姜周龍がゼネストの先鋒に立ちます。

あたしの同志、あたしの友達、あたし自身のために死ぬ気で闘います。

4

ゼネスト大会はお祭りさながらに執り行われる。工夫を凝らしたプラカードを手に手に掲げて工場地帯を練り歩き、どこから持ち出してきたのか鉦《かね》や太鼓に装束まで大道芸人よろしく着飾った組合員たちが賑やかに興を添える。人力車もまたどこから集めたのか、行列の要所要所でストライキ団の幹部が自転車に引かれた人力車上で立ったまま音頭を取っている。

ゴム職工の要求に事業主は進んで応じよ
二〇〇〇職工が団結してスト闘争に勝利するぞ
働かざる者食うべからず
資本家どもよ食うべからず

周龍《ジュリョン》はさっと人力車の前に走り出て尋ねる。

今の掛け声はどういう意味ですか。

実は耶蘇《ヤソ》教徒の読む聖書にある文句だそうです。働いた分だけ権利があるってことでしょう。

お教えくださってありがとうございます。

周龍は工場の近くに掲げられていた貼り紙の文句を思い出す。ハタカザルモノ、イヘニカヘルベシ。今思えば、社長、資本家がこの言い方を盗んだんだな。本当に働かざる者は自分たちのくせに、恥知らずにも。

「国際歌《インターナショナル》」を歌いましょう、同志諸君。

国際国際国際歌、という先触れを合図に組合員教育で習った「国際歌」を歌いつつ行進が続く。

起て呪われし者　飢えし奴婢たる世
吾等の血は滾《たぎ》り　死を賭し臨む
抑圧の世を絶ち切り　天下を建てん
踏みにじられし者　主《あるじ》とならん[21]

教育のときは多くて六〇人ほどがうろ覚えでぶつぶつ唱えていた歌だが、こうして幾百人もが諳《そら》んじて歌うのを聞き、つい胸が熱くなる。こんなに大勢が一斉に同じ歌詞を歌うことに、歌うあいだだけでも心がひとつになることに感激して胸がいっぱいになり、涙が出そうになる。「国際歌」は朝鮮のみならず世界中のすべての労働者の歌なのだそうだ。この歌を歌うときだけは小さな国の小さな工場のちっぽけな女工ではなく、世界のすべての労働者と肩を組む、みんなと同じように偉大な、平等ないっぱしの人間になったような実感が湧く。

　次の歌は「ゴム工場のあの子」だ。「国際歌」の歌詞をすっかり覚えていない者はいても、「ゴム工場のあの子」を知らない者はいない。平壌《ピョンヤン》っ子ならどんな幼な子でもみな知っている歌だ。

朝っぱら通勤車　警笛に
ゴム工場のあの子　ベントー包む
一日座って　靴を張る
器量良しだね　手際もいいか

とうとう涙が溢れて頬を伝う。悲しくて流す涙ではないから恥ずかしくもない。泣いているのは周龍だけというわけでもない。

工場地帯をひと回りして出発地点の空き地にふたたび集結する。姜徳三《カンドクサム》をはじめ平壌労働総同盟ゴム支部の幹部が演壇に立って挨拶する。ストライキのビラが配られる。ガリ版刷りや手書きのビラには、初日から昨日までに市内十数箇所の工場の職工一五〇〇人がゼネストに参加したことへの感謝の辞や主な掛け声、二〇箇条の要求案が書いてある。

周龍は痺れるような勝利の予感に酔い痴れる。今日集まった職工がおよそ一〇〇〇人というが、下世話な話、ひとり一発ずつ社長にお見舞いするだけでも頭かち割れずに済むもんか。途方もないことを空想しながらくすくす笑いが漏れる。

大会が終わって家に帰る足取りも軽やかだ。交渉が進んでも社長が要求案を呑むまでどれほどかかるかわからず、それまでは実入りのないまま踏ん張らねばならないが、要求案が通りさえすれば後はずっと働きやすくなるはずだから、へっちゃらだ。それほど長くはかかるまい。

家に戻ると見知らぬ男が枝折戸の傍《そば》に立っている。縁の太い眼鏡に半袖のワイシャツ、吊りズボン、弁柄色のエナメルの靴。市内で道に迷ってここまで来たのかな。どう見てもオギの家とは似つかわしくない風体ゆえ周龍は首をかしげる。オギの父親の知り合いだろうか。見知らぬ者を見かけても吠えないオギの家の犬は、きょときょとした目で庭をぐるぐる回っている。

あの、少々お尋ねします。姜《カン》周龍さんに会いにきたのですが、こちらでよろしいでしょうか。

家に入ろうとした周龍は男に呼び止められる。

何の用事で姜周龍をお訪ねですか。

男は手にした紙切れと家と周龍とをそれぞれ一瞥してから言う。

平壌労働総同盟ゴム工場のストライキにご参加と聞きましたが……。

警察ですか。

周龍が警戒して尋ねると男は困ったように笑う。

警察というより、何というか、姜周龍さんをお迎えに上がったのは確かですが、逮捕じゃあなくて。

あたしが姜周龍です。

周龍はつっけんどんに吐き捨てる。自己紹介をこんなふうに切り口上で言うのは初めての気がする。男は周龍の顔をしばらくまじまじと見つめていたが、豪快に笑う。

名前を聞いただけだったからてっきり男かと思ったが。

そっちのお名前がどんだけご立派なんだか、人の名前を聞いて笑うとは。

周龍が噛みつくと、男は笑いを引っ込めて喉の調子を整える。

失礼しました。鄭達憲《チョンダロン》[22]という者です。朝鮮共産党で労働組合を研究しています。

労働組合はただやるもんでしょ、研究するもんじゃないんじゃありませんか。

周龍は腑に落ちない気がしてそう言い返すと、鄭達憲は名前を聞いたときにもまして大きな声で吹き出す。

そりゃそうだ。にしても名前も性格も傑作だ。聞いていたとおりだ。

人の名前で笑わないでください。周《まわ》るの周《ジュ》に、龍の龍《リョン》って書きます。わが身をもって世界を抱きとめる龍になれって名前です。

いつだったか全斌《ジョンビン》が教えてくれた名前の意味を思い出しながら周龍は言う。達憲はもう一度咳払いをして喉を整える。

申し訳ない。用件はそこじゃないのですが。

構いませんからどうぞさっさと用件を仰ってお引き取りください。誰かに見られたら大ごとですから。

ああ、そうでしょう。ご主人がご覧になったら誤解なさるかもしれません。

周龍は目を剥いて達憲を睨みつける。こいつ、気に障ることばっかりよくも選んで言うもんだ。インテリみたいな形《なり》をしてるからって好奇心からちょっと喋ってみようと思ったあたしが間違ってた。あたしのせいだ。

どこでどんな話を聞いてきたのか知らないけど、あたしにはそちらさんと話すことなんかございません。

いいですか、混乱したのはこちらも同じですよ。まだ労組のない工場に組織すべき傑出した人物がいるというからお目にかかろうと来てみたら、意外や意外、小母さんだったからそりゃ当惑するでしょう。

だったら役にも立たない小母さんとくだらないこと話してる暇に、帰って労組の研究でもおやんなさいな。

部屋に入る周龍の後ろ姿を達憲はどっちつかずな様子で見送る。

労組の研究じゃなくていざ結成しようってことで来たんです。姜周龍さんをお迎えに。

あたしはもう所属する団体があるからお構いなく。他を当たってくださいな。

閉めた戸を間に挟んで達憲と周龍はひとことずつ交わす。やがて静かになる。帰ったのかと思ってそっと戸を開けると誰もいない。オギの家族にこのやり取りを見られなくてよかったと思う一方、あまりにも唐突で思いがけない出来事だったため、証人になってもらえる人がひとりくらいいればよかったのに、とも思う。

眠りに就くまで周龍は、昼間この胸を引っ掻き回していったインテリ男への憤りを鎮めることができず悶々とする。もっと気の利いたことばでぎゃふんと言わせてやれなかったものかしらん。なにしろ舌先三寸でインテリを言い負かすのは容易なことではなかろうから。

大会の後、周龍は毎日欠かさずせっせとストライキ団の本部に立ち寄る。状況がどう動いているかを聞いてから帰宅するのが日課になった。

日刊紙といわず週刊誌といわずゼネストを批判する記事が載っている。大会の日の熱気とは裏腹に、みな疲労の色がありありだ。

ストライキに対していまだこれといった対応を示さない経営陣を批判する演説会が予定されていたが、警察の介入で頓挫する。警察の動きをストライキ団本部はかなりの重圧に感じているようだ。各種の兆候では敗色は濃厚だ。

それでも周龍はなお勝利を信じている。

そもそもゴム工業は朝鮮人資本による経営が一般的で、警察は日本の利害関係に基づいて動くから、これまでは労働組合活動に対してこれといった妨害はなかったという。警察がゴム職工のゼネストに注目するのは、それが単一業種の労働争議の枠を越えて平壌の、朝鮮のすべての労働者を団結させる恐れのある動きだと判断したからだ。

今やストライキに参加する職工は二〇〇〇人にも及ぶ。

サミのようにストライキをして離縁の憂き目に遭いそうな女たちは無数にいるが、そんな女たちもそうそうゼネストの熱気から逃げようとはしない。近所の別の業種の工場に通う職工たちが、自宅で拵えてきた食べ物をストライキ団の本部に差し入れてくれ、自分たちで集めたカンパを手渡してくれる。

新聞に載る批判の声などたいした意味はない。そんなのはどうせ机に向かってペンでも弄ぶのが得意な連中の書き散らしたものだ。ゼネストの行進のとき、道行く人々がデモ隊に向かって送ってくれた拍手や歓声が今なお耳に残っている。

小さな思いを集めて大きなものを作り出すことができると周龍は信じる。ゼネストの勝利を信じる。

家の前にふたたび達憲が現れたのは、はじめて訪れたゼネスト大会の日から三、四日ほども経ったころだ。今度は周龍のほうから近づいて声をかける。

あたし、そちらさんのやってるって活動にはまるで関心ないっていってはっきり伝えたはずだけど。

あの日、我々が何かまともな対話を交わしたとお思いですか。

達憲は薄い冊子で顔を扇ぎながらふうっとため息をつく。八月である。この炎天下にここでどれほど待ったのだろう。周龍はつい怯《ひる》みそうな気を引き締めてさらに食ってかかる。

家の前まで女を付きまとえって誰に指図されたんですか。それに家《うち》の住所はどうやって知ったんですか。誰の差し金であれ、そいつは住所は教えておきながら寡婦だってことは教えなかったんですか。

それはそれは。なぜこの前そう仰らなかったんですか。だったらすぐに謝罪したものを。遅ればせながらお詫びしましょう。礼を尽くすつもりがかえっておおいに失礼をば致しました。

詫びを入れられて何と答えていいものやらわからず、ことばに詰まる。周龍がどうしていいかわからずにいるうちに達憲は話を続ける。

現在のストライキ団で教育を担当している者と組織の伝《つて》があるのです。姜周龍なるお方、気風《きっぷ》もよくて度胸もある。なにしろ最初の決意発表のとき、ごく自然に他の団員に向かって同志と呼びかけた、そう聞き及びました。

住所は加入申込書を見て知ったんだな。周龍は納得して頷く。半信半疑だし不快な気分がすっかり失せたわけではないが、持ち上げられるのは満更でもない。

担当者はゴム工場だから当然女性にきまってると承知のうえで話したんでしょうが、私は名前を聞いて男だと思ったのです。たしかに非は私にある。申し訳ないことをしました。

もう結構です。でも本当に困るので家《うち》に来るのはお止しください。寡婦が男を連れ込んでいると近所で取り沙汰されるのでは、と身の縮む思いです。

ともに活動すると約していただけるまでは仕方ありますまい。訪ねてお願いするのみです。

ピヤン（平壌）のゴム工に人材はあたししかいないんですか。もうれっきとした組合があるしゼネストだってやってるのに、何であたしにそんなことを。

今回のストライキは失敗するでしょう。今後に備えねばなりません。それから、周龍さんだけ誘ってるわけでは無論ない。各地で他の職工にも組織工作が行われている。ただ、とにかく私は周龍さんが気に入ったのです。最初の決意を述べた際に平壌のゴム職工の労働組合の長になると宣言したとも聞いたし。これくらいで答えになってますか。

達憲があれこれ並べたことばのうち周龍の耳に届いたのは最初のひとことのみだ。

あたしたちのゼネストが失敗するだろうって、どういうことですか。

驚いて詰め寄る周龍に向かって達憲は両手と眉とを挙げて見せる。

警察のせいです。要求案に限ってみるなら部分的であれ勝利する余地もあろうが、今度のストライキ争議にかかわった幹部連中はほとんど逮捕されるでしょうし……。

周龍は両の拳の持って行き所がわからずわなわなと震わせる。

ストライキにかかわっただけで牢屋に入れられるなんて間違ってます。

現在のストライキ団には団体権が保障されておらんのです。ゆえに要求案の最後の条項で団体権に触れているわけで。無論ふざけた話です。団体権は他人様《ひとさま》から与えられるもんじゃない。とはいえそれを根拠に投獄するくらいいくらでも可能なのです。

でも幹部の先輩方にそうした覚悟もなくストライキに臨んだ人はいないはずです。

大きな目で見て今回はストライキへの未練を絶って要求案の一部受諾のみでも満足すべきでしょう。

聞きたくもない。

今後に備えねばならぬというのは、個別の事業所の組織力を強化して……。

聞きたくないって言ったでしょ！

周龍はつい大声を上げてから、誰かに見られなかったかと辺りを見回す。農繁期の昼日中《ひるひなか》ゆえ近所の家はたいていが留守だ。

その口に履物を押し込まれないうちにとっとと失せな。

達憲は必死の剣幕で睨《ね》めつける周龍を呆気《あっけ》にとられて見ていたが、肩を竦める。

その気概を高く買う、と言っておきましょう。とくと御覧《ごろう》じろ、だ。


何がとくと御覧じろだ。自分の言ったことが正しかったかどうかか。それともあたしが仲間になるかどうかってことか。どっちみち考えたくもないことだ。周龍は達憲の図々しい顔つき、へなへなした都会風の口ぶりなんぞを思い出して怖気《おぞけ》立つ。

まずは達憲の予言の一部が当たった。ストライキ団の本部に押しかけた警官が抵抗もしていない幹部を容赦なく殴りつけて連行していったという噂を、翌日になって聞いた。それでもまだ徳三先輩がいる。姜徳三先輩は身を隠して商工協会との交渉に備えている。商工協会の人々はブルジョワジーとはいえ学があり、要求案の受け入れに積極的だと聞いた。

ゼネストに参加する工場からそれぞれひとり代表を選び、計一二人の交渉団を組織した。

公平を期するためなのか、姜徳三をはじめストライキ団の役員は交渉団に加わらなかった。ストライキ団の幹部級以外のうち、それなりに文字の読める者、工場での職級の高い者を中心に選んだところ、大半が男の職工だった。平壌商工協会の代表団とゼネスト交渉団は、ストライキ団の要求案の一部を受け入れるとする妥協案を拵えた。ゴム工場の社長らの会合が打ち出した賃金引き下げ率とストライキ団の要求案の第一条の「賃金引き下げ絶対反対」とを調整し、引き下げ率を従来案の一割七分から一割に抑え、要求案の二〇箇条のうち一〇箇条は全面受け入れ、あとは受け入れ拒否または一部受け入れとした。これくらいなら大勝利とはいかずとも敗北ともいえない。ストライキ団内部ではこの妥協案に対して賛否が分かれた。周龍は反対の立場に近かった。交渉団が慌てて妥協案に同意したのは、大多数の一般の女工の状況を知らないからだというのが周龍の意見だった。要求案の一部受け入れでも満足すべきだという鄭達憲のことばが脳裏にちらついた。きれいごとばっか。あたしたち、あんなに必死に闘ったのに。

交渉の翌日、警察から通告があった。商工協会との妥協案の代わりに警察の作成した調停案を受け入れよというものだった。

ふたたび緊急の大会が開かれる。お祭りのようだった初回の雰囲気はすっかり消え失せ、激烈で攻撃的な掛け声が飛び交う。おこがましくも介入して愚にもつかない調停案を示した警察と、その調停案に二つ返事で飛びついた破廉恥極まりない社長側への批判に加え、商工協会の妥協案をほとんど無抵抗に受け入れた無能な交渉団への不信任を宣言するのが大会の目的だ。

どす黒いタールの沸き立つごとく、一同沈鬱ながらも激烈な憤怒を胸に秘めていることを周龍は知っている。自分自身もそうだから、知らないはずがない。

緊急大会の後は毎日のように臨時大会が開かれる。ストライキ団の勢力の強い工場では果敢にも工場を占拠して捨て身のストライキを宣言するところもあるが、警察に鎮圧されて長くは続かない。

そんななか、周龍は頬のこけた顔を荒れた手で擦りながらいつまでも呟く。

なんてざま。


九月初め、ストライキ団みずから争議の中断を宣言する。解散大会を開くことにするが、警察の妨害でそれも不発に終わる。外からはそうした警察の弾圧が、内ではストライキ団の役員と交渉団、一般団員との対立が最高潮に達した時点で、一月《ひとつき》にわたったゼネストの幕切れとなる。

社長側の団体である平壌ゴム同業会は警察の提案した調停案に飛びついた。警察の介入によってまとめられた調停案は、従来の要求案にも、妥協案にも遠く及ばない基準で作成されたものだ。一月《ひとつき》のあいだ平壌のゴム職工二三〇〇人が参加して六〇人あまりが検挙され、ストライキ参加者の一割に当たる二〇〇人あまりが完全に解雇された代価としては不十分だ。割に合わないことこの上ない。

一月《ひとつき》ぶりに工場に戻った周龍は、足かけ四年以上も続けてきた作業をすっかり忘れてしまったかのように、仕事が手に着かない。顔を上げて辺りを見回すと、同僚たちも一様に虚ろな顔をしている。

作業班長も腑抜けみたいにあっちからこっちへと行ったり来たりするばかりだ。行進のさなかやストライキ団の本部の辺りで幾度か見かけたことがある。とても同志だなどと呼びたくない輩が自分と同じ隊列に属しているときどうすればいいのか、周龍は教わったことがない。駆け寄って後ろから頭に一発お見舞いし、ここをどこだと思っておまえみたいなやつが首を突っ込んでるんだと詰め寄りたくもある一方、あいつも労働する仲間のひとりだと考えて、なんとも言いようのない混乱を覚えた。ふたたび出勤した今となっては尚更だ。期待に及ばぬ敗北に終わったストライキの後の虚しさを、あいつもともに感じている姿を間近で目にすると、夢なのか現《うつつ》なのかわからなくなる。ただ、各工場から選ばれた交渉団員があいつと同じ男だったことに思い至ると、そのことについてだけは心底腹が立つ。周龍の工場で交渉団に選ばれたのは配合部とローラー部を兼務する男の職工だった。目の前にいないその男より、つねに顔を突き合わせていた作業班長のほうが実感を伴って憎らしい。

心ここにあらずの状態で続けた作業を終えて帰路に就く周龍の前に、憎らしさでは作業班長にも負けない御仁が現れる。

久しぶりです。

道草せずにお帰りください。

周龍さんに会いにきたのです。道草なんかじゃない。

周龍は返事もせずに家路を急ぐ。その後ろを達憲がひょこひょことついていく。しばらく歩いていたが、やがて堪忍袋の緒が切れて振り返る。

男の人ってどうしてあのざまなんですか。

何のことです。

ゴム工場の職工の九割が女工なのに、男の人がおかしな妥協案を作るもんだから、あたしたちのストライキがふいになりました。商工協会と交渉団、男どうしで気心も知れてよろしくやったんでしょうね。普段だってあたしたち女工より人間らしい待遇なもんだからわからないんでしょ。あとの九割のあたしたちがどれほど差し迫った心持ちで争議をしているかなんて。

腹が立つのはわかるが、話すなら正確に願いましょう。この度のストライキが腰砕けに終わった決定的な原因は警察の介入であって、交渉団の過ちではありません。力量も経験も足りぬゆえ交渉役を果たせなかったように思われるが、あの人たちも争議の主体だということを忘れてはならんということです。不思議とこの度のストライキは内部の葛藤が激しい。警察よりも交渉団を怨む声のほうが際立っているようです。周龍さんもそういう心持ちなんですね。

顔色ひとつ変えぬまま冷静に意見を整理して述べる達憲が腹立たしく、周龍は己の胸をどんどんと叩く。

本当に物知りでよろしゅうございます。達憲さんはこのあいだ、今度のストライキは失敗するから手を引けと言いました。そのとおりになってさぞや気分ようございましょ。

気分よさそうに見えますか。私は失敗をいち早く覚悟していただけです。次の闘いに備えねばならぬから。いいですか。私とてこの道に人生を捧げんと心を決めた者です。周龍さんが信じようが信じまいが、今回のストライキの失敗は私も骨身に応えているのです。

周龍は次の闘いということばの響きに耳を傾ける。

そうだ、次がある。

一度ゼネストに失敗したからといって世の中が丸潰れになったわけではない。また闘えばいい。勝利するまで挑めばいい。ただ、みな疲弊して次のことを語る余力がないだけだ。今は。まだ。だがじきに。

次の闘いって?

周龍は平静を装って尋ねるが、声の震えはうまく隠せない。

そのとおり。この前も言ったでしょう。個別の事業所の組織力を強化する方向へと戦術を修正せねばならぬと。

それで、あたしにどうしろと言うんですか。

やっと話が通じたというふうに達憲はにやりと笑う。

我等が平壌赤色労働組合結成準備委員会に加入してくれたまえ。

5

はじめて周龍《ジュリョン》と会ってきた日、達憲《ダロン》は自分の日誌にこう記した。

闘うために生まれてきたような人だ。

周龍に会えば会うほど、第一印象は正しかったという達憲の思いはさらに強まった。ゼネスト後の最初の出勤日、三度目に周龍を訪ねたとき、とりわけそう思った。


ピヤン赤色労働……何ですか。

平壌《ピョンヤン》赤色労働組合結成準備委員会です。

なんでまたそんな名前。人間は名前が長いと寿命は短いっていうけど。

ふと漏らしたきついことばにみずから驚いて、周龍ははっと音がするほど慌てて口を噤む。達憲のことばにいちいち噛みつくのが習い性になってしまったのだ。達憲はからからと笑う。

準備委員会の寿命は短いほうがいい。実際の組合をできるだけ早く立ち上げるのが目標だから。

それ、何をする団体ですか。

我々の目標は労働組合運動を通じて労働者を啓蒙し、社会主義革命を早期に実現させることです。

周龍は目を細めてさらに尋ねる。

それって……独立軍みたいなもんですか。

ずいぶん大雑把な質問ですね。似ているといえば似ているといえようが、我々の目標は朝鮮の光復ではありません。もちろん社会主義者として私もまた朝鮮の独立を願い、労働解放の一環としても日本の帝国主義者どもを追い出すことを第一に考えているが、社会主義革命とは……。

話が長い。

独立軍ではなく労働解放運動の団体だということです。

どっちみち解放ってことでしょ。

……そのとおり。

周龍はじっと考えに浸っていたが、ぐんと和らいだ口調で言う。

よくよく聞いてみると達憲さんは悪い人じゃなさそうですね。ピヤン赤色……それちょっと考えてみましょう。

助かります。明日また来ましょう。加入の意思をはっきり示してもらうまで毎日でも訪ねますから。

周龍は手を振って背を向け、幾歩か行きかけて振り返る。

だけどあたしみたいな口の悪い女に何の用があってしょっちゅう会いにくるんですか。達憲さんは腹も立たないいんですか。達憲さんみたいなインテリとあたしみたいなゴム職工が差しで話してたら人が笑います。

人の目がそんなに気になりますか。三顧の礼の故事もあるではありませんか。

小難しいこと言わないでください。学がなくてわからないから。

達憲は笑顔で肩を竦める。それってどういうことなんだろう、そう思いながら周龍はふたたび背を向けて家に帰る。

約束したとおり達憲はまた工場の退ける時間に合わせて周龍に会いにくる。前日は腹立たしさが先に込み上げて人が見ていようがいまいがあることないこと言い募ったが、もしやホンイ姉さんみたいに口の軽い誰かに見知らぬインテリ男と一緒にいるところを見られたらどんな噂を流されるかと恐れて、周龍はひと気のない路地まで歩く。

わかったからもう来ないでください。

わかった、ですか。我々の組織に加入する、そう受け取っていいんですね。

もともとにこやかな達憲の笑顔がひときわ明るくなる。そこまで喜ぶほどのことか。周龍は気恥ずかしくなってやっぱり止そうかとさえ思う。

そうです。あたし昨日帰ってからつくづく考えたけど、うちの工場にもちゃんとした組合を作るなら手助けが必要だと思って。そういや、思い返してみて、この前はたいへん失礼しました。

いや、構いません。恩に着ます。心から感謝します。

抱きしめんばかりに感激して礼を言う達憲の様子を見ると、また妙な気分になる周龍である。自分のごとき女工ひとりが何だからって、あんな酷いこと言われても耐え忍び、この喜びようなのか。もしあたしがこの人の期待するほど立派なもんじゃないってことがいずればれたら、この人、どれほど失望するだろう。達憲に告げたとおりじゅうぶんに考え抜いて下した決定だが、再三再四考えてみるべきだったかもと不安になる。

周龍の本心がどうであれ達憲が上機嫌なのは明らかだ。周龍を口説き落としたことで、もはや赤色労働組合の発足に目途がつきでもしたかのように勢いづき、どうせならと周龍を朝鮮共産党平壌臨時党本部にまで連れていく。

それまで周龍の入ったことのある西洋式の建物はいくらもない。工場、駅、コーヒーハウス、劇場……中国の監獄もそういえばコンクリを打って造った洋式の建物だったか。党とは何で党本部とは何か。党本部なるところに入りながら、同じ平壌に暮らしているのに達憲と自分の世界はまるで違うのだと感じる。

生まれてはじめてセミナーなるものに参加する。コロンタイ[23]とかいうロシヤの女の人の本を読んだ若い会員どうし討論なるものをしている。じっと聞いていた達憲がひとこと何か言うたびに、会員たちが羨望と憧れの眼差しを向けていることを周龍はすぐに見て取る。見ていたら気づかずにはおれぬ熱狂的な眼差しだ。

鄭《チョン》達憲ってそんなにも凄い人なんですか。

隣の人にそっと訊くと相手は真顔になる。

はじめてだからご存知ないようですね。鄭達憲同志は朝鮮共産党の青年の星のごとき人物です。党の推薦でロシヤはモスクバの共産大学にまで行ったエリートですよ。去年帰国して少し前まで咸興《ハムン》[24]にいたとのことです。

インテリの中のインテリだったんだ。不意に引け目を感じた周龍はさっき配られた資料に目を落とす。そんな周龍の様子に気づいたのか、それともたんに茶化してやろうというのか、達憲が周龍を指名する。

次はここで唯一の女性同志である姜《カン》周龍さんの意見を聞かせてほしいものです。

えっ。あの、そんな、あたし本を読んでないんですが……。

周龍は慌てて遠慮するが、達憲は容易には引き下がらない。

資料を熱心に見ておられたようだが。セミナーの主題についてでなくとも構いません。参加しての感想のようなものでも。

じゃあ……。

周龍は喉の調子を整えてから尋ねる。

先ほど鄭達憲同……達憲さんの言ったとおり、この場に女性はあたしひとりきりです。それでここにお集まりの皆さんにひとこと伺います。ご結婚されてる方はおいでですか。

一六、七人ほどの男のうち三、四人を除く全員が手を挙げる。

皆さんはお連れ合いが自分と同じ思想をお持ちだと思いますか。

手を挙げた者どうし顔を見合わせる。いきなり現れた女にわけのわからないことを続けざまに質問されるのがいかにも愉快ならざる様子がありありだ。達憲だけはにやにや笑っている。

資料を見てふと気になったことを伺っただけですから気になさらないでください。失礼いたしました。だけど思ったより答えが芳しくありませんね。至らぬ考えでしょうが、あたし、皆さんのお連れ合いが皆さんと同じ思想をお持ちとは思いません。日も暮れた今時分に皆さんはここにおり、お連れ合いは家庭を守っているからです。ついでにひとこと申し添えるならば、皆さんはお連れ合いがいかなる思想をお持ちなのか気にかけたこともございますまい。胸の内では女子供が無知無学なのは当たり前、皆さんが共産者だか共産主義者だかなんだかなら、お連れ合いも一緒くたに共産婦人なのは当たり前と思うでしょう。あたしの言うことが正しくないなら白黒つけてください。間違ってると仰ったところで皆さんがお連れ合いにこうした学びの機会を与えずにひとりここにいるのは変わりません。お連れ合いは幼いころ教えられたとおり夫に従属して家を守っているのではありませんか。

死のごとき沈黙が流れる。達憲が手を叩く。顔色を窺っていた若い会員たちも仕方なさそうに達憲の後について手を叩きだす。

仰るとおり。しかも今日は女性の著者が女性の労働について書いた本を読んだのに、いざこの席上に当事者がひとりしかいないとは我々がおおいに反省すべき点です。さらにこの平壌の労働運動の基盤が、職工の九割以上が女性のゴム工業を中心に構成されている以上、今後は女性当事者についての深い研究と理解がいっそう必要になるでしょうし。

周龍の話していたときは怪訝そうな不快な様子を隠せずにいた会員たちが、達憲のことばには頷く。そのことにどこかしら苛立ちを覚えそうになるのをぐっと押し殺し、周龍も達憲に拍手を送る。

では、まずは同志の皆さん、家庭から意識化することを当座の目標に定め、次のセミナーには夫人も同伴することにしましょう。

セミナーが終わり、達憲が家まで送ってくれる。遅くまで付き合わせて済まないというわけだ。道中あまりに静かだとかえって居心地が悪く、周龍は口から出るに任せてあれこれ喋ってみる。

今日のセミナーっての、とても有益で面白かったです。

今日はテーマがコロンタイだったのでちょうどよかった。周龍さんも少なからず啓発されるでしょう。多少の欲目も加えて申し上げるなら、周龍さんにこそ朝鮮のコロンタイになってもらいたいものです。

とんでもないことです。

頬を赤らめて顔を背けた周龍は、道の向こうを通りかかった男が自分と達憲を指差しているのを見る。

ほれ、あそこ、下衆女め。

指差した男は傍らの女と何やらひそひそと話していたが、けたたましく笑って行ってしまう。傍目からもばりっとした身なりのインテリ紳士とみすぼらしい女工とが一緒にいるのは笑えるってことだろう。見たところ、そういう自分だって妓生《キセン》を連れ歩いてるくせに、目糞鼻糞じゃないか。堰を切ったように怒りが込み上げるのを抑えきれず、周龍は振り返って大声で罵る。

何さ、この犬の餌にもならない糞っ……。

達憲が驚いて周龍の口を押さえる。急に口を塞がれた周龍のほうがその倍も驚いたろう。周龍から脇腹に肘鉄を喰らってようやく達憲は周龍を解放する。

何するんですか。

周龍が食ってかかると達憲は痛む脇腹を摩りながら答える。

済みません。けれども周龍さんがそういう悪態をつくのは聞きたくないので。

あっちが先に侮辱してきたのに、あたしが言い返したからってどうだってんですか。

ああいう悪態をつくってことは、ああいう悪態に晒されて生きてきたってことじゃありませんか。私は言われるより言うほうの品位に関係していると思います。周龍さんはどうですか。

周龍はしばしことばを失う。いかにも達憲の言うことは正しい。さっき口にした悪態はいつか言われたことのあるものだ。そんな悪態を浴びせられる人生だったことをこんなかたちで曝け出すことの、どこが間違っているというのか、理解に苦しむ。

達憲さんの言うことの半分はわかるけど、もう半分はわかりません。

それがどうしたのです。自分自身のことをすっかり理解するのだって難しいでしょう。

周龍は袖口やチマの裾をぱんぱんと音をたてて払いながら言い返す。

そういう話が特にわかりません。


週に一度は平日の夕方にセミナーに参加し、日曜には党本部に立ち寄る。達憲と顔を合わせることは指折り数えるほど稀だ。そんなに多忙で重要な人物だと知っていたならばもう少し愛想よく対応すればよかったか。そもそもそんなに忙しい人がなんであたしみたいなのを取り込もうと幾度も訪ねてきたんだろう。党本部に来ては書類の束をばさりと置き、別の書類の束を手に取って尻を落ち着かせる暇《いとま》もなく出ていく達憲の様子を見ながら、周龍は考える。

最初のセミナーで聞いたり話したりしたことより、帰宅途中の出来事ばかり頭に浮かぶ。妓生を連れた男が指差して笑ったこと。たしかにこれまでの人生、誰かに指差されて誹《そし》られるんじゃないかと漠然とした恐れを胸に秘めて生きてきたが、実際に指差されたのは初めてではなかったか、と思う。あるいはそれは達憲のせいだ。襤褸《ぼろ》を纏った女がひとり歩いていても誰の目も惹かない。ひとりでいるとき、周龍はそこに存在していても、誰の目にも留まらぬ土埃のごとき存在だ。土埃は白い洗濯物にたかったときはじめて目につく。見る者の顔を顰《しか》めさせる。達憲がそういう存在なのだ。白く気高い朝鮮外套のごとき人間がいたずらにあたしの傍《そば》にやってきて、大人しくしていたあたしを指差される存在にしたのだ。

だからどうしたいのか、なぜ家まで送ったのだと達憲に詰め寄るつもりか。そんなふうに抗議する声が胸の奥から不意に頭をもたげる。見ず知らずの他人を無遠慮に指差して笑ったあの男に誤りはないのか。それはそうとあたしを指差したあの手、もう一方の手は妓生の腰に回していたではないか。そんな男に指差されたからとて、こんなにも苦しみ、いたずらに達憲を恨めしく思うのは当を得たことなのか。

あの男が周龍を指差して通り過ぎたのはわずか幾秒の出来事だ。ともすれば周龍はそれに気づかぬまま済んでしまったかもしれない。気づいてしまったがために、そのたった幾秒かの侮辱のことを幾日も幾夜も考えているのだ。

そんなに忙しいのですか。

慌ただしく入ってきてまたそそくさと出ていこうとする達憲に、周龍はそれとなく声をかせる。本を読む素振《そぶ》り、顔はなお前を向いたままだ。

『紅い恋』、コロンタイをお読みですね。

達憲が傍にきて本の表紙を見て会釈する。そこではじめて周龍はなかなか捗らない本を伏せる。

ご機嫌いかがです。

相変わらずです。ご機嫌とか不機嫌とかあるんですか。

学習は進んでますか。

周龍はそれを聞いてこれまで達憲が参加してこなかったセミナーのことを振り返る。変だと思うことを変だと、わからないことをわからないと言うと、なぜかじろじろ見る人々。学のない女だから仕方ないな、とでも言いたげな眼差し。

今まで勉強したとおりなら労働者がいちばんで根本になる階級のはずなのに、実際にはエリートが労働者を教化と啓蒙の対象と見ている、これが近ごろのあたしの不満です。

素晴らしい。

本気なのかおべんちゃらなのかわからない誉めことばを残して出ていこうとする達憲を、周龍がふたたび呼び止める。

達憲さん、どこに行くのか知ってます。

ほう。私、どこに行くんでしょう。

興南《フンナム》[25]の朝窒[26]工場の組織化、意識化工作を兼ねてるんでしょ。ピヤンと興南とを行ったり来たりして。

達憲は周龍をじっと見つめていたが、ずいぶんしてから口を開く。

そのとおり。隠していたわけではないが、あえて話したこともありませんでしたね。後任の者への引き継ぎを終え、いよいよ平壌に腰を据えようとしているところです。

興南の朝鮮窒素肥料工場は朝鮮のあらゆる産別工場のうちもっとも大きな事業所だ。日本企業の投資などという程度ではなく、はなから日本政府の肝煎りで設立された企業である。それは警察の監視がもっとも厳しい場所という意味でもある。達憲ら共産大学出身のエリートが幾人も投入されて組織化に努めているが、注いだ努力に比して工作の成果は捗々《はかばか》しくないというのが大方の見方だ。

あたしが思うに、朝窒工場の工作が行き詰まってるのは、みんなインテリのエリートだからです。

達憲が鼻先で笑う。

行き詰まったか否か答えが出るのはまだ先でしょう。今日は口が過ぎるようですね。

話が出たついでだから、言いたいことは包み隠さず言います。警察の監視が厳しいとかそんなの問題じゃありません。あんたたちみたいなインテリが腹ではプロレタリア階級になんぞ目もくれず、教えを授けてやるべき手合いだって思ってるのが第一の問題なんです。だけど朝窒工場の労働者はほとんど男の人でしょう。その人たちも腹の底では達憲さんたちのこと無視してるはずです。何であれ汗水垂らして自分の手で成し遂げたこともないくせに、実地で労働する主体にあれこれ指図して……。

そこまでで結構です。わかりました。

いつも愛想のよかった達憲の顔が硬くこわばる。周龍は話を止めない。

まだ話は終わってません。仰ってください。あたしに近づいたのも最初から看板が必要だったんじゃありませんか。無学な女工はエリート男の言うことを素直に聞かず拒否しそうだから、それらしい操り人形にお先棒を担がせる戦術だったんでしょ。

とんだ被害者面ですな。

そっちこそ、ことばをお選びください。あたし本当に思ったとおり言ったまでです。

周龍さん。

鵜の真似をする烏っていうけど、あんたみたいなインテリと付き合うなんて、世間に合わせる顔がありません。

周龍さん！

ちゃんちゃら可笑しいでしょう。こんな身なりのくせにピヤン随一のインテリがあたしの同志だなんてひとり浮かれて、あんたたちインテリがあたしなんかのこと同志と思ってるかどうか知りもしないで……。

周龍の話を遮る達憲の声はいつにもまして冷ややかだ。

いい加減にしたまえ。わかったと言ったじゃありませんか。

何がわかったんですか。

周龍さんの言うこと、全部そのとおりです。私は周龍さんを利用しています。最初から利用するつもりで近づきました。それでいいですか。

周龍は何と言ったらいいかわからず、ただ達憲を見つめる。漠然と考えてきたことをわざと棘のある言い方でぶつけたのは周龍のほうだったが、それをまた達憲の口から聞かされると動揺のあまりじんじんと耳鳴りがする。

周龍さんのような人が必要なのです。周龍さんが必要なのです。周龍さんでなければだめなのです。周龍さんが私の代わりになれないように、周龍さんの役目は私には代われないのです。そのどこが間違ってるんですか。何が問題なんですか。周龍さんも利用すればいいんです。私を、私の組織をいくらでも利用してください。

達憲は深くため息をつき、ぐっと穏やかな口調になって続ける。

周龍さんはすでにご活躍と聞きました。私の不在中も欠かさず集まりに参加して討論にも積極的に臨んでいると。欺瞞のように聞こえるかもしれませんが、いくらそうしたくても私は周龍さんのようにはできません。女性のゴム職工の当事者性を真似ることも奪うこともできないのです。けれど周龍さんはいくらでも私の役割を担えるでしょう。思想や理論なら学べばいいのですから。

周龍の目に溜まっていた涙がこのときつーっと頬を伝う。達憲は周龍の涙に少なからず戸惑う。いつも周龍が悪態をついたり批判めいたことを言う姿ばかり見てきたから。周龍は顔を背け、心苦しそうに達憲が取り繕う。

なぜ泣くのです。私が悪かった。泣かないでください。

途方に暮れる達憲に背を向け、チョゴリの結び紐で目元を押さえて周龍は答える。

泣いたからって見縊《みくび》らないでください。言い負かすことができなくて悔しいから泣いただけで、他意はありません。

見縊ってなどいません。言い負かしたとも思っていません。あなたは実に優れた人です。闘うために生まれてきた人なんだと思います。本領を発揮してください。私など意に介さないでください。いいですね。

なお達憲に背を向けたまま周龍は頷く。

6

セミナーも会員教育も欠かさず出席しつつ、周龍《ジュリョン》は平壌《ピョンヤン》で働く人々のさまざまな姿や生き様を目にする。季節が移り変わり赤色労組の他の準備委員とも親しくなる。ひょっとすると学のない自分のことを内心蔑んでいるのではないかとひとり心の壁を築いていた人々も、知り合ってみれば職工であり警備員であり運転士、左官工だ。達憲《ダロン》のようなインテリ、エリートもいないわけではないが、周龍と同じ労働者のほうが多い。高普に進学したが学費が払えずに中退して生活の最前線に飛び込んだ者がいるかと思えば、文字の読み書きができぬゆえ教育を耳で聴くだけの者もいる。周龍は誰のことも軽はずみに評価すまいと心に決めた。少しばかり学があるからといって賢いわけではなく、学がないから愚かなわけでもない。自分自身ももうそんなふうに評価されたくない。

一方では工場の同僚を粘り強く説得して工場にも労働組合の準備会を立ち上げようと邁進する周龍である。平元《ピョンウォン》工場の職工全員の過半数に当たる五〇人ほどが、労働組合が結成されたら加入すると言ってくれた。大半が前回のゼネストに身をもって参加した者で、あとはサミのようにせめて気持ちだけでもと賛同を望んだ者たちだ。僅かとはいえ一定額を給金から持ち寄って組合設立に拠出すると約束してくれた。小さな集まりだからか秘密の維持は難しくない。

会社ではいつものように能天気な女工どうしお喋りに興じていると思って気にも留めないだろう。あたしたちはきわめて密やかに、けれども熱く変革を準備しているのに。暖房はほぼ止められて氷室のごとき冬の工場で周龍は笑う。まだ冷めていないゴム型を扱うあいだだけはつかのま手を温められるので、むしろ冬のほうが作業量が少し増える。

冬の初めからずっと不在だった達憲は、二月をもって平壌に完全に戻ったという。赤色労働組合の発足ももはや秒読み段階に入る。

これ、どうぞ。

周龍が達憲に差し出したのは工場の同僚どうし持ち寄って集めた例の金だ。達憲は特に尋ねることもなくさっと封筒を受け取る。

有難く使わせてもらいます。

それが何か訊きもしないんですか。

どんな金か知ったら受け取れないだろうし、受け取らなかったら怒られそうだから。

周龍はふっと笑う。達憲も忙しくなる前は大同橋《テドンギョ》の辺りで荷担ぎの請負い仕事をして活動費を稼いでいたという話を別の会員から聞いた。自分の手で労働しないインテリだと非難したことが恥ずかしくもあり、近ごろのように忙しいと資金を稼ぐ暇もなく使うばかりだろうとの気遣いもあった。

これからもさらに組織作りに励んでほしいから差し上げるんです。

もちろんわかっています。感謝します。

妙なことに、この金を渡したことで周龍は以前より引け目を感じなくなった気がする。鄭達憲という人物は、同じ組織を準備する同志でありながら教えを授けてくれる師のごとき存在でもあるから、何かいつまでも借りがあるような胸のつかえを感じていたのだ。活動資金を支援することで、ようやくこの人と対等になれたような気がする。その金がいずれは自分の属する組織の足固めに使われることを知りながらも。

にしても、いつまでその小っ恥ずかしい京城《キョンソン》のことばを使うつもりですか。去年ピヤンに来たんだから、そろそろピヤンのことばを使ってもいいころじゃないんですか。

達憲は封筒をいじりながら困ったように笑う。周龍のはじめて見る表情だ。

咸鏡道《ハムギョン》出身です。周龍さんより私の方言のほうがきついはずです。

周龍はけらけらと声をたてて笑う。

おやまあ、そうなんですか。お国ことばで喋ってみてくださいな。

嫌だね。こう見えてもインテリですから、インテリ。

自分にインテリなんか意に介すなと言った舌の根も乾かぬうちに、みずからインテリを盾に取るとは。周龍はさらに大きな声で笑う。

四月、ついに赤色労働組合の結成決議大会が開かれる。二〇人あまりが集まってささやかに執り行われた大会だが、心意気だけはゼネストのときと変わることなく熱い。結成の志を込めた決議文を読み、一同順繰りに所感を述べ、「国際歌《インターナショナル》」を歌う。会合は夜中から始まって未明に終わる。

これからはこうして夜陰に乗じて動くことに慣れてもらわねばなりません。我々の組織は警察の鋭意注視対象とならざるをえませんから。帝国の恐れるは銃砲ではありません。やつらのほうがもっと持っているはずですから。やつらが恐れるのは思想の伝染です。すべての労働階級が主体意識を持つことほど恐ろしいことがありましょうか。

家まで送る道すがら達憲は言う。これからは、ということばを周龍は繰り返し考える。周龍を包摂しようと訪ねてきたときに達憲の言ったことば、次の闘いということばについて考える。

これからどうなるんでしょう。またストライキするんですか。工場の同志はすっかり準備できてます。この前の賃金引き下げをもとの水準に戻すことをストライキの目標に掲げればいいんですか。

達憲はかぶりを振る。

発火を誘発する引鉄《ひきがね》のごときものが必要です。二年前の大恐慌が翌年の賃金引き下げ通知を、あの一割七分の賃金引き下げ通知が平壌の二三〇〇人のゴム工のゼネストを引き起こしたように、です。これは歴史です。歴史が作られつつある過程なのです。

引鉄ということばを聞いた周龍の脳裏に、不意に本物の引鉄に指をかけたときのことが浮かぶ。自分の手で人を撃つのが怖くて引鉄を引くのをためらっているうちに同志が怪我させられたあのとき。引鉄は機を逃さず引かねばならないと学んだとき。

周龍は心がざわついて手が汗ばむのを感じる。両手を擦り合わせながら達憲の次のことばを待つ。

そしてその機は遠からじ、とあえて私は見ています。さらに我々の築きゆく闘争の歴史こそ、別の誰かの解放を手繰り寄せる引鉄となるでしょう。


達憲の予言は外れたことがない。今回もそうだ。機会は盗賊さながら予期せず訪れた。早く闘いたい、いつ闘いを始めればいいのか、とやきもきしていたのが嘘のように。

五月中旬に平壌にあるゴム工場の経営者の集まりである平壌ゴム同業会でふたたび賃金引き下げを決議する。ただ、前回のゼネストの主体だったゴム工総連盟の反発を恐れ、実質的な引き下げの時期をいつにするかについては再協議を経ることとする。それが新聞で報じられた直後、周龍の勤める平元ゴム工場ではただちに賃金引き下げを宣言する。とんだお笑い種だ。平元工場は平壌市内のゴム工場でも規模の小さなほうであり、社長は平壌ゴム同業会の会員でもない。だが周龍はこれを機に決起すべきといち早く気づく。

すぐ今月から賃金を引き下げると工場側が一方的な通知をよこした当日、周龍は仲間の職工と緊急会議を開いてただちに座り込みに突入する。みなで集めて達憲に手渡した金は、座り込み用の天幕を設営する資金としてそっくり戻ってくる。工場近くに本部を置き、檄文を作成して工場地帯のあちこちに掲示する。

平元工場ストライキの報はたちまち各工場に伝わる。社長がゴム同業会員の工場では連帯してサボタージュに取り組む。ストライキ三日目を過ぎるころ、平元工場職工組合は掛け声を「賃金引き下げ絶対反対」から「決死反対」へと変更する。掛け声のわずか二文字が変わっただけだが、覚悟が一新するような気がして周龍は逸る胸を抑えきれない。最初から掛け声はこうあるべきだったのだと思う。

達憲が現れたのはストライキが四日目から五日目へと日付の変わった深夜のことだ。

連帯しに来たぞ。

周龍は天幕の覆いを上げて入ってくる粗末な身なりの男に見憶えがなく、その言動からようやく気づいて歓迎の意を表す。

達憲さん。

捜査の目を避けるためなのか生業のためなのか、荷担ぎの風体のまま現れたのだ。そうそう天幕を離れられないため周龍も見られたざまではないが、つねに洗練された装いだった達憲のむさ苦しい姿はどこか好ましく、笑みが漏れる。そういえばこの幾日か笑っていないことに今更ながら気づく。達憲と会うのは咎め立てされるようなことではないが、周龍は回りの目を気にする。当番で残っていた三、四人の同志が一塊になって仮眠を取っている。

いかがですか。闘いたくてうずうずしてた身としては。

あたしがいつ闘いたいって言ったんですか。世の中に闘うのが好きな人なんているんですか。闘いたいなんて嘘っぱちです。闘うのが好きなんじゃなくて勝ちたいんです。

周龍さんらしいな。

周龍は達憲を筵《むしろ》に座らせて自分も腰を下ろす。達憲は下ろした背負子を引き寄せて立てかけながら尋ねる。

それで、ご苦労はありませんか。

何が苦労です。勝つためにやってること。

怖くはないんですか。

誰か死にはしまいかと怖いです。それが自分だったら怖いし、他の誰かでも怖いです。人が死ぬことを何とも思ってないやつらが怖いです。

達憲は答えない。周龍はわざと朗らかに続ける。

でも実はあたし、怖いもの知らずの女だから。なんでかって、もう揉まれるだけ揉まれたって思ってますから。夫を亡くし、家族とは縁が切れ、長くはなかったけど牢屋にも入りました。苦労という苦労を嘗め尽くして、何の怖いことがありましょう。もっと酷い目なんてあるんでしょうかね。

じっと聞いていた達憲がようやく口を開く。

周龍さん、人間というのは消耗することもあります。御身《おんみ》お大事に。そうすればいざという時にしっかり役立てるのです。

あたしのことなんか案じてないで、達憲さんこそお体を大切になすって。

平壌のすべての団体が周龍さんと平元工場の闘いを見守っています。周龍さん個人や四九人の当該だけの勝負ではありません。この闘いが我等が赤色労働組合初の勝利になると信じて疑いません。

ご案じなさんな。

達憲は立ち上がってふたたび背負子を負う。天幕を出ようとする刹那、達憲はややためらってから振り返り、ひとことだけ言い残す。

怪我せぬように。

達憲が出ていくときにわずかに捲れた出入口の隙間から今なお暗い外が垣間見える。五月下旬なのに風が冷たい。周龍はふと侘しさを覚える。侘しさがかえって精神を研ぎ澄ます。座り込みを始めてからろくに眠れていなかったが、意識はいつにもまして醒めているように感じられる。大きな紙を用意して筆を執り、新たな檄文を作成する。

社長は度重なるストライキ団からの交渉要請に、警察を呼ぶことで応じる。塀に貼り出そうと書いた檄文の出る幕がなくなる。

それまで工場ごとの個別のストライキに警察が介入するのは、社長が日本人の場合ならありうることだった。財産の保護という名目で出動するそれらの場合と、今回のこの状況は本質的に違う。ここに出動した警官はたかだか朝鮮人社長のちっぽけな工場を守ろうというのではない。いくら微々たる動きとはいえ労働運動ゆえに、まずは鎮圧しておけということだ。

工場の正門前で待機している警察はざっと数えて一〇〇人以上にもなる。わずか四九人、それも半数ほどは赤ん坊を抱いて動くにも難儀するような女工を相手に二倍もの警官隊を動員したのだ。

毎日そうしているように周龍は先に立って歩み出る。工場は座り込みの天幕の目と鼻の先だ。おずおずと後に続く同志たちを安心させようと、周龍はつとめてまったく恐れていないふうを装う。振り返らずとも物音でわかる。怯える兎の群れのごとく身を寄せ合っていた同志たちが、自分の後を一歩遅れてそろそろとついてくるのを。

警官隊と三、四歩ほどの距離まできたところで周龍は立ち止まって振り返る。

座りましょう。

周龍の指示に従って組合員は六列縦隊で腰を下ろす。警官隊に背を向けて立つ周龍は、座った仲間の顔色から状況を察するほかない。さいわい警官隊は銃を手にしてはいない。意識しないように努めたが、やむにやまれず横眼で盗み見てしまったのだ。銃の代わりに棍棒を持った一〇〇人の警官隊に背を向けて、周龍は脚にぐっと力を込める。

掲示することの叶わなかった檄文を掛け声にして同志たちとともに叫ぶ。檄文をほぼ終いまで読み下したころから、背後では警察の上官が日本語で喚く声、一〇〇人の警官隊が一斉に足を踏み鳴らして隊列を整える音が聞こえる。背筋や膕《ひかがみ》に冷たい汗が滲むが、周龍は何食わぬ顔で集会を締め括る。懸念をよそに警官隊は座り込みの天幕まではついてこない。

同志の皆さん、今日の整列はとても見事でした。警察を見習ったんですか。

天幕に戻ってすぐ周龍の飛ばした軽口に幾人かが笑う。略式の集会をする一、二時間のあいだにげっそりと精魂尽き果てた顔だ。警察の介入は予想していたことだが、やはり一〇〇人の警官隊、耳で聞いていたのとじかに対面するのとでは違う。同志たちの意気が挫けては困ると思い、周龍は声を張る。

あたしたちに罪はなく、社長には後ろ盾がありません。どういうことかわかりますか。警察はとりあえず威嚇のために出動しましたが、あたしたちを逮捕する名目はない、そういうことです。万一社長が日本人だったりしたら闘いの初日にみんな監獄送りになってたはずです。同志の皆さん、この姜《カン》周龍の言うこと、合ってますか、違ってますか。

合ってます！

同志たちも闘いに突入して以来はじめて警察の姿を目の当たりにしてやや驚いただけで、闘いの意志を喪失したわけではなさそうだ。だがひとたび警察が介入してきた以上、衝突が予告されたも同然だ。その時期がいつになるかが問題なだけだ。誰も負傷せぬようにと周龍は願う。多くの者が痛手を負ってのちかろうじて勝利を収めることもある。誰ひとり怪我することなく勝利するのが最善だろうが、それを望むのは闘わずして勝利を望むに等しい。最悪は多くの者が傷つき、結果として賃金引き下げも阻止できぬことだ。すでに闘いを始めた以上、最悪の場合だけは避けねばならない。

でも、これ以上何が悪くなるっていうの。もう闘いは始まっているのに。

周龍はなお収まらぬ腕の震えを両手で抱え込むように押さえる。


出動初日と同じく警官隊とのうんざりするような対峙が幾日も続く。工場への無理な進入を試みない以上、警官隊は武力を行使しない。自分たちがあまりに苦を厭うているのか。周龍は絶えず自問する。こうしているあいだにも同志たちは時々刻々疲弊していく。毎日のように「賃金引き下げ決死反対」を訴えて声を限りに交渉を求めているが、社長は応じない。多少の流血を覚悟してでも何らかの決意を示す行動が必要な時期ではないのか。

そう悩みつつ天幕の傍《そば》を行きつ戻りつしていた周龍の目に見慣れぬ女の走ってくる姿が映る。工場の組合員だろうか、と思って見ると赤色労働組合の一員だ。何かを知らせに来たのだとは思うが、朗報なのか悲報なのかわからない。不吉な予感に騒ぐ胸を抑えつつ、周龍も駆け寄って同志を迎える。

姜同志、大変です。

女は声を詰まらせ息を弾ませながら言う。

鄭《チョン》 羅基《ナギ》同志が逮捕されました。

羅基は達憲の別名だ。外では誰が聞き耳を立てているかわからないため、組合内部で暗号のように使う名である。その瞬間、巨大な手に全身を鷲摑みにされたような苦痛が走る。頭と胸とが同時に痛み、息苦しくなる。こうした苦痛にさして不慣れでないことを幸いと思うべきなのか。周龍はなんとかことばを選ぶ。

わかりました。同志もまずは身を隠してください。

私たちは今のところ大丈夫です。鄭羅基同志をはじめ捕まった者はみな朝鮮共産党に属していた人たちです。ただ姜同志はこの天幕を離れられないから早く状況を知らせねばと思い、こうして来たんです。

それでもお気をつけください。

姜同志の身のほうが案じられます。

ひとり残った周龍は耳と目の軋むがごとき衝撃のうちに、よろよろと天幕へと入る。狭い天幕の中、組合員たちが犇《ひし》めき合って座っている。しばし自宅の様子を見に出た者を除いておよそ三〇人ほどだ。組合員はほとんど家に帰っていない。ひとり帰宅する途中で怪漢に尾行されたことのある者も一人や二人ではなかった。自宅に行く必要のあるときは近くに住む者どうし幾人かで動く決まりのようなものが生まれた。深夜に天幕に残る当番も一〇人ほどに増えた。組合員どうし自発的に残ることにしたのだ。

天幕に入る自分に一斉に目を向ける組合員の顔、その一人ひとりの顔がぼんやりして見分けがつかず、周龍はぎゅっと目を閉じてまた開く。

同志の皆さん、あたし……。

周龍は次に何と言うべきかも考えないまま口を開く。喉が詰まって声が裏返る。

決断が必要なときだと思います。

みな大人しく周龍のことばを待つ。周龍は必死に冷静さを取り戻そうと努めつつ話す。

誰かが傷つくのを恐れてこれまでやってきたとおりに続けようと思ってましたが……。

やっとのことで話を締め括る。

あたし、今日から穀断ちをして餓死闘争を始めようと思います。

餓死闘争は周龍が以前から最後の手段として覚悟していたものだ。達憲逮捕の報がついに迷いを打ち破る起爆剤になった。この闘いをもはや長引かせるわけにはいかぬとの判断が生まれ、死ぬなら死ぬでいい、諦めるもんかという覚悟はずいぶん前からあった。

ひとたび決意を口に出してみると、気持ちが落ち着く。同志たちは周龍をじっと見つめるばかり、否《いな》とも諾《う》とも言わない。周龍はもう一度気を落ち着け、みずからの考えを整理して述べる。

争議の代表として、あたし、敗北するくらいならいっそ飢え死にすることを決意します。今夜を期して工場に潜入して餓死闘争を宣言するので、同志の皆さんは各地の労働団体や他の工場の同志にあたしのことを伝えてください。警察も幾日かあたしたちの動きを見ていて油断してるだろうから、あたしひとり工場に忍び込むくらいわけないでしょう。

私も一緒にやるよ。

ホンイ姉さんが手を挙げる。

あたしもよ。

姉さんひとり飢え死にさすわけにいかない、私も行きます。

あちこちから次々に手が挙がる。

加わらない人、手を挙げて。これじゃきりがないから。

誰かの声にふたたび天幕の中が静まり返る。周龍は感激しながらも済まない思いで遠慮する。

みんながやるからって釣られて加わらないでちょうだい。餓死闘争に加わらずに生き延びて今後も闘いつづける同志も必要ですから。

死ぬんだったらみんな一緒に死にましょう。

周龍のことばに誰かが応え、誰からともなく拍手が湧きはじめる。周龍は涙を堪《こら》えようと軽く咳払いする。

それでは我等が組織の戦術を今から餓死同盟とし、この争議に決着を見ましょう。同志の皆さん、賛同していただきありがとうございます。

拍手はいつまでも鳴り止まない。

一時帰宅してきた組合員の同意を求めて四九人全員が餓死同盟に加わることにする。

警官隊が守っているのは正門前だけだ。それも深夜には半数ほどしか残らず、さらに交代で仮眠を取る。組合員は幾組かに分けて潜入を試みるべく作戦を立てる。周龍をはじめ小柄な先発隊がまず塀の小さな穴から忍び込み、裏門を開けることが第一の目標だ。わざと時間を置き、幾人かずつ天幕を出て工場から離れたところまで行ってから戻ることとする。人目につかぬよう、裏門前に大勢が集まらないように気をつけるべしとの申し伝えも忘れない。

周龍を含む先発隊三人はやすやすと穴をくぐって塀の中に潜り込む。ふと周龍は間島《カンド》で暮らしていたころ兎小屋の片隅に掘られた穴のことを思い出す。いくら数えても兎の数が合わずどこかおかしいと思って調べると、木製の小屋の下にぽっかり掘られた穴があった。周龍の手がようやく入るほどの大きさだった。その隙間から子兎が逃げ出したのだろうと周龍は考えたが、両親は鼬か何かが忍び込み、咥えていったのだと言った。そもそもそんなところに自然と穴が開くわけがないというのだ。けれども本当に野生の獣に襲われたのなら血の跡が残るはずだ。兎のように臆病な動物は、しかも飼い兎は小屋に侵入した捕食者の姿を見ただけで驚いて死ぬこともあるのに。周龍は今も自分の考えが正しかったと思っている。そうでなければならないと思っている。いくらひ弱な動物だとて己の生き延びる術を追い求めて当然だ。

裏門を開けるのもわけはない。全員が忍び込むまでにほぼ一時間ほど。無事構内に潜入した組合員は、正門前で目を光らせている警官隊に見つからないように塀に貼りついて用心深く移動する。裏門に元通りに門をかけた先発隊も左右に分かれて塀伝いに正門までそろそろと進む。周龍は逸る胸を抑えつつそっと正門の外を窺う。警官隊は正門から二三、四歩離れたところに陣取っているが、足が竦んでいるうえに何しろ辺りが暗いので実際より近く感じられる。周龍は陰になってよく見えないあちら側の同志に手で合図する。

工場の正門は、トラック二台が同時に出入りできるくらいの広い門と、人が出入りするための脇門からなる。通常は大きな門のほうは閉まっている。周龍の合図であちら側の同志がそっと脇門を閉じて門をかける。きいっという金属音にみな内心ひやりとする。その後はただしじまが続く。聞き咎められなかったようだ。先発隊はふたたび塀伝いに物陰を選んで進み、工場の建物内に入る。

機械が稼動を止めた今のようなときでさえ、工場内には蒸したゴムのむっとする臭い、配合した薬品の鼻を衝く臭い、ローラーに塗る揮発油の臭いが混じり合って何ともいえない悪臭がする。暗さのせいでかえってきつく感じられるのかもしれない。灯りを点すわけにはいかないので、組合員一人ひとりの手を取り声を聞いて確認する。前の者の肩に片手を置いて一列に並んだ組合員は、周龍に手を取られたらそっと名を名乗る。周龍は自分を除く四八人を確認してから最後に自分の名を告げる。

みんな無事に入ったようですね。

組合員を集めて円陣を作り、声をひそめて言う。肩を寄せ合って立つ一同の姿は、ひとりの足元から伸びるいくつもの影のごとく見える。
今から餓死同盟としてあたしたち、新たなる闘いを始めましょう。

7

夜が明けて工場の前庭に組合員が全員揃って整列するまで、警官隊は気づかない。前の晩にこっそり忍び込まれていたとは面目丸潰れだ。周龍《ジュリョン》は組合員を背にして、正門に向かって叫ぶ。

平元《ピョンウォン》工場の社長と警察は聞きなさい。

周龍の第一声を受け、組合員全員が大きな声で復唱する。それでようやく警察は組合員が天幕を抜け出して工場に入ったことに気づく。上官と思しきひとりが何やら日本語で号令をかけると、工場前の空き地のほうを向いて立っていた警官隊が一斉に回れ右する。周龍は怖気づきそうな気持ちを隠そうと努めながらふたたび声を上げる。

本日をもって我々平元工場ゴム職工組合は、

周龍は他の組合員が復唱しやすいように一度そこで区切る。組合員も警察の動きを目の当たりにしながらも声に動揺はない。大勢で声を合わせているから動揺が露わにならないのかもしれない。

社長が交渉において我々の要求を受け入れないならば、上官の号令で警官隊が一歩また一歩と前進してくる。みずからの意思で前庭の真ん中に立っているのだが、迫りくる警官隊に怖気づくのは如何ともしがたい。

同盟して餓死せんと決意するものである。

同盟して餓死せんと決意するものである。

周龍は組合員が復唱するとしばし息を整える。

社長はただちに賃金引き下げを撤回し交渉に応じよ。

最後のことばを復唱する組合員の声はそれ以前よりあやふやだ。

周龍は組合員を建物に戻し、自分も最後に入って扉に錠を下ろす。組合員も作業台や工具類を押したり引いたりして運び、防壁を築く。四方に分かれて出入口を塞いだ作業台に乗る者あり、寄りかかる者あり。

何ごともなく夜が訪れる。

前日、工場に潜入するのに精魂を使い果たし、まる一日食事を断ったものだから、みな疲れ果ててうつらうつらまどろみはじめる。周龍も体がいうことを聞かず床に座り込む。餓死同盟も長くは続くまい、という虚しい思いがよぎる。

外から威圧するような雄叫びのごとき胴間声が聞こえてくる。近くで発せられた声だ。来るべきものが来た。

組合員たちは恐怖に縮みあがって互いに手を取り合う。警官隊の騒ぎにも目を覚まさない仲間を揺り起こす者もいる。周龍は叫ぶ。

歌いましょう。「ゴム工場のあの子」。

朝っぱら通勤車の……と冒頭の小節を歌い終わりもしないうちに扉にどしんと何かがぶつかる音がする。作業台に寄りかかっていた者の背に振動が響く。みな泣きべそをかきながら互いに抱き合う。人数が奇数なので周龍には抱き合う相手がいない。

暗闇の中、窓ガラスの割れる音がする。角まで丁寧に割るために棍棒が窓枠に沿って細かく動く様子を、周龍は途方に暮れながらも憤懣やるかたない心情で見つめる。ランプの灯が窓に突っ込まれたり引っ込んだりする。周龍はもう一度叫ぶ。

同志の皆さん、互いに腕を組んで床に寝そべりましょう。

みな恐れをなしているものの周龍の言うとおりにする。窓枠に警官の黒い靴がかかる。ランプを持った警官どもが出入口付近に横たわる者を殴りつけて追い立て、防壁を片づけて扉を開ける。ひとり真ん中に立ったまま周龍は警官に向かって吠えたてる。

抵抗しない者に棍棒を振るうな。我々に罪はない。

その瞬間、三人の警官が一斉に飛びかかる。逃れようともがく周龍の手足を摑んで持ち上げ、外に運び出す。周龍はなんとか逃れるが、うつ伏せにどさりと地面に落ちる。

耳を劈《つんざ》くような幾人もの悲鳴で工場内は阿鼻叫喚だ。組んだ腕を無理やり解《ほど》かれ、ある者は髪を摑まれ、ある者は脇の下を抱えられ、またある者は荷物よろしく担がれて外へと投げ出される。周龍は這って逃げようとしてまた捕まる。どさくさ紛れに服が脱げて肌が露わになろうがお構いなし、警官隊はゴムシンを出荷するがごとく組合員を外に運び出す。横たわったまま じっと踏ん張っている四九人の女たちを制圧しようと、一〇〇人の武装警官が雪崩込んだのだ。無念さと動転とで周龍にはわが身のことのように感じられない。

叩き潰すくらいじゃ気が収まらん犬畜生どもめ。

周龍はしゃくり上げながら悪態をつく。顔は泥と涙に塗《まみ》れ、口の中は砂でじゃりじゃりする。正門の外に放り出された者たちは誰からともなくふたたび工場へと飛び込んでいく。幾度となく警官隊に押し戻されつつも繰り返し飛びかかる。周龍は起き上がって泥塗れの顔を拭い、みなに向かって叫ぶ。

同志の皆さん。座り込みの天幕に行きましょう。まずは体を第一に考えて。

組合員は泣きながら工場に駆け込みつづけるばかりで、周龍のことばに耳を貸さない。周龍は正門前に倒れ込んだ一人ひとりの耳に、とりあえず引き下がろうと囁《ささや》く。不幸中の幸いとでもいうべきか警察の目的は逮捕ではなく、まずは工場の奪還らしい。だが、これ以上事態を長引かせては警察がどう態度を変えるかわからない。

周龍は天幕に目を向ける。警官が天幕の撤去作業をしている。またもや途方に暮れて目の前が真っ暗になる。

このろくでなし野郎、トギを放しやがれ！

ホンイ姉さんが渾身の力を振り絞ってトギという仲間を捕まえている警官にむしゃぶりつく。トギとホンイ姉さんとがいっぺんに正門前に放り出される。

周龍は走り寄ってホンイ姉さんを抱き起こし、家に帰っているように言う。ホンイ姉さんは工場を、周龍を、天幕を順繰りに見つめ、涙目のまま立ち上がる。ホンイ姉さんは家に帰る代わりに自分と同じように外に放り出された仲間たちを抱き起こし、もう帰ろうと声をかける。周龍がそうしたように。

たっぷり一時間以上も闘った揚げ句、全員が外へと追い出される。やがて警官隊も陣形を整えてふたたび正門前に出てくる。呆然と工場前付近に留まっていた者たちは警官を避けてそろそろと後ずさりし、やがて散り散りに立ち去っていく。

終わりだ。

周龍もまた工場を後にして逃げながら、食いしばった口の中に滲んでくる酸っぱい唾を呑み込む。喉が腫れてうまく呑み込めない。

8

周龍《ジュリョン》はあてどなく夜更けの平壌《ピョンヤン》の街をさまよう。借間は座り込みの天幕を立てたとき引き払った。達憲《ダロン》ら赤色組合の同志が捕まったからには臨時党本部に行くわけにもいかない。天幕が撤去されるのを目の当たりにした。組合員の大半が家庭の反対を押し切って闘いに身を投じたのだから、その世話になることもできない。

逃げるんだ。

逃げなくちゃ。

今こそ間島《カンド》に逃げ帰る潮時なのかもしれないという思いが脳裏を掠める。詮ない考えだ。ただ行く当てのあることを望む気持ち、その行先が遠く険しい道程なら尚更いいという気持ち、その気持ちが己を欺くのだ。

けれども、だとしたら、あたしは、今何をすればいいんだろう。

お腹が空いた。

周龍はふうっと息を集めて吐き出す。昨日餓死闘争を決意したばかりのくせに、もうお腹が空いたって?

だが本当に空きっ腹なのにどうしろというのか。誰にも知られぬまま自分ひとり穀断ちしたところで誰がわかってくれるというのか。空腹に耐えかねて大同江《テドンガン》の河原の砂でも腹いっぱい掻っ込んで死にたい心持ちを、どうすればいいというのか。

死にたい心持ちか。

そうだ、死のう、死んじまおう。

その思いにかえって気持ちが落ち着く。ああ、なるほど。死ねばいいんだ。極度にかりかりしていた頭がふっと落ち着き、千々に乱れていた思いがふたたびまとまったような気がする。一昨日《おとつい》飢え死にすると決意したときはここまで穏やかな気持ちではなかったのに。どうしてだろう。

どうやって死のう。

暗い表通りをぽつりぽつりと街路灯が首《こうべ》を垂れるように照らしている。周龍は必死の思いで涙を堪《こら》えつつ歩く。まだ何ごとも為さずただ死という構想を抱いているのみなのに、知る限りのあらゆる顔が亡霊のごとく駆け巡る。周龍はそれらすべての顔に向かってかぶりを振る。抛《ほ》っといて。あたしを抛っといてちょうだい。生きよと手を貸すこともなかったくせに、生きることにけりをつけるのまで邪魔立てしないで。

反物屋の戸を叩いて主《あるじ》を起こす。

急を要するんです。晒しを一反お譲りください。

反物屋の主は目を擦りながら日本製の晒し一反を選んでくれる。丈夫で質がいいと持ち上げるのを忘れない。周龍は有り金をはたいてそれと引き換える。生地の端をぐいぐい引っ張ってじゅうぶん丈夫かどうか確かめながら周龍は反物屋を出る。まかり間違って死ぬのに失敗しては困る。

どこで死のうか。

目の前には大同江が見える。川では首を括って死ぬことはできない。その気なら大同橋《テドンギョ》にでも首を括れば確かだろうが、深夜でも人通りがけっこうあるので叶わぬだろう。川がだめなら山、周龍は振り返って錦繍山《クムスサン》を仰ぎ見る。歩く。夜更けとはいえ通行人は少なくない。妓生《キセン》を引き連れた男が二人もいる。虚しい笑みを浮かべながらも一方ではもっと人通りのないところへ行かねば、と思う。

適当と思われる木を選んで晒しの端を枝に渡す。満開の桜の枝に自分の死体がゆらゆらぶら下がっている様を思うと涙も出るし笑みも浮かぶ。いずれ死ぬのなら美しい場所で死にたいというのは最期の見栄だと思うことにする。枝にかけた晒しが洗濯した襁褓《むつき》を干したように見えてあまり見栄えのいいものではない。端を結わえて輪を作りながら周龍は思う。

どうせ死ぬにせよ、あたしが死ぬのは平元《ピョンウォン》ゴム工場の社長の横暴のせいだとみんなに知らせなきゃいけないのに。

遺書を書こうにも紙も筆もない。有り金はさっき晒しを買うのに使って無一文だ。

ええい、ままよ。

周龍は結び目をぎゅっと引き締め、輪に頭を突っ込む。結び目を端っこに作りすぎたせいで膝を折ってもだらりと余って巻きつく。呆れかえってしまい、腹を抱えて大笑いする。どうしてこうもひ弱な人間なんだ、あたしは。いかに臆病な人間なんだ、あたしは。ため息をついて首を抜き、結び目を解《ほど》く。長さを調節してもう一度やり直すつもりだったが、結び目を解く途中で気が変わる。

ここで遺書もなく死んだら世間の人は何と思うだろう。あたしの名前、わかるだろうか。あたしが何を苦にして死んだ女かなんて、世間は知ったこっちゃない。

知恵を絞った末に周龍は晒しを巻き直して脇に抱える。

平壌でもっとも美しい場所で死のう。平壌随一の名勝で、なぜ死のうとしているのかみんなにこの口で訴え、みんなの目の前で堂々と死のう。

ふと浮かんだ「国際歌《インターナショナル》」の触りがなぜか頭にこびりついて離れない。

払暁、周龍は人っ子ひとりいない乙密峰《ウルミルボン》を手探りで登り、石垣の上に立つ。先日オギと来たときは石垣まで登れなかったことをふと思い出す。

乙密台《ウルミルテ》の屋根に這い上るにはさらなる工夫が必要だ。晒しをああでもないこうでもないと試してみたが、投げ上げることのできそうな石ころを選んで晒しの端に括りつける。石ころが屋根にしっかり引っかかるように思いきり投げる。一度ではうまくいかず、幾度も投げる。晒しががっちりと引っかかったら、もう一度輪を作り鞦韆《ぶらんこ》に乗る要領で体重をかけてぶら下がってみる。だがふたたび虚しい笑みを浮かべてしまう周龍である。

登る途中で落ちて死ぬとしても、それはそれで意に添うことなのに、この期に及んで死ぬのが怖いのか。

ともあれ周龍は晒しにぶら下がって乙密台の柱を伝い、屋根に上がる。誰かが後をついて登ってきては困ると思い、長く垂れ下がった晒しを手繰り上げる。

辺りが白んでくる。目が眩む。転がり落ちたら大怪我しそうだと思いながらも、つい瞼が閉じてしまう。ストライキ団を立ち上げてからろくに寝た覚えがない。餓死闘争を決意した日からはまんじりともしていない。上空の風は刺すように冷たい。周龍は手繰り上げた晒しを体に巻きつける。

あそこに人がいる。人がいるぞ。

つい寝込んでしまい目を覚ました周龍は、一〇人ほどの見物人が石垣からこちらを見上げているのを目にする。その後ろには乙密峰においおい登ってくる人々が蟻のように小さく見える。朝の散歩に出てきた人々がこの姿を見て驚いたようだ。

夜はいつしか明けており、額に汗がふつふつと浮いている。周龍は体にぐるぐる巻きにしていた晒しを解いて立ち上がる。見物人たちから、おお、と気を揉むようなどよめきが漏れる。消防を呼べ、警察を呼べと騒ぎ立てながら石垣を降りていく者の姿も見える。

尊敬する皆さん、あたし、平元ゴム工場の職工、姜《カン》周龍です。

周龍の口から出てくる声はいつにもまして澄みわたり、よく響く。口を開いたら細かく震えていた手足がむしろ引き締まる。己の雄弁に我ながら圧倒されるのを感じながら、周龍は語りつづける。この瞬間、自分が自分のものでないような気がしてならない。自分よりはるかに大きなもの、正しく偉大なものが、この口を借りて語っているように思える。

目を上げてはるか大同橋の向こう、船橋里《ソンギョリ》をご覧ください。あたしの職場、平元ゴム工場があすこにあります。会社側の一方的な賃金引き下げ通知に抗って四九人の職工がストライキ団を結成して闘っています。

見物人は続々詰めかけ、誰ひとり降りようとせず、石垣はもう立錐の余地もない。

あたしたちはもはや命を擲《なげう》つ覚悟で闘っており、あたしもまたこっから降りる道は死んで降りる道だけだと思ってます。

ふたたび周龍の脳裏に「国際歌」の触りが浮かぶ。

　これぞ納めの天王山ぞ……[27]

ですから皆さん、あたしの命を懸けた訴えを聞いてください。

四九人のストライキ団の同志たちの、二三〇〇人のピヤンのゴム職工の、朝鮮のすべての労働する女性の団結の志もて訴えます。

収監番号一二一、面会。

達憲《ダロン》は耳を疑う。逮捕され、出鱈目の予審裁判に回されてから季節は幾度となく巡った。だがこれまでで面会はこれが初めてだ。いささか諦めていた部分だ。赤色労働組合の関係者は達憲とともに幾人も逮捕されたから面会に来るような者もないはずだし、まして達憲は指導層ゆえ面会申請は撥ねられる可能性が少なくなかった。

周龍《ジュリョン》さんか。

面会室に入った達憲は目を擦《こす》る。見間違いだった。周龍と同年配、髷《まげ》を結ったみすぼらしい身なりの女だ。達憲の見知らぬ女だ。女はおずおずと立ち上がって名乗るとまた腰を下ろす。

周龍の友達の三女《サムニョ》といいます。リョンイとは同じ工場に通ってて、リョンイはあたしのことサミって呼んでました。

面会申請が許された理由がわかるような気がする。思想的に何ら疑わしさの片鱗すらないありふれた女、というわけだ。

失礼しました。囚人服や制服姿でない人と会うのはずいぶん久しぶりなので、つい気が逸ってしまって。それで、どうなりましたか。塀の外の動向はまるで音沙汰無しなもので。

あたしたち、勝ちました。

達憲は思わず幼な子のごとく手を打つ。

ハラショー！　さすが姜《カン》周龍。私の目は確かだった。

サミはちらちらと看守の顔色を窺いながら袂《たもと》から小さな紙束を取り出す。

これ、これまでリョンイの出た記事の切り抜きを集めたものです。リョンイ、新聞や雑誌にいっぱい出たんです。あたし、口下手だから、これ……早くお仕舞いください。

看守は達憲が何やら受け取ったのにたしかに気づいた様子だが、何も言わない。どうやらサミが幾許《いくばく》か握らせたようだ。達憲は紙束を袂の奥深くしっかり隠して何食わぬ顔でサミと向き合う。

鄭《チョン》達憲さんのお話はいろいろ伺いました。

サミは何やら言いたげに口ごもりかけて止め、そそくさと席を立つ。

もうお帰りですか。面会時間はまだあるから話し相手にでもなってください。外の人と顔を合わすのもどれほど久しぶりかわかりませんよ。

達憲は引き留めたがサミは行ってしまう。いかにも妙だ。達憲はいくぶん不吉な予感を覚えつつ袂を撫で確かめる。勝利の便りを伝えるなら周龍がみずから来てもよかろうに。もしや周龍も投獄されたのか。排除しきれぬ可能性がある。訝しく思いながら、達憲も席を立って面会室を出る。

房の片隅、壁に向かって蹲《うずくま》りサミに渡された紙束を開く。包み紙に使ったいちばん外側の紙は無号亭人なる筆名の記者の書いた面談記事だ。乙密台《ウルミルテ》上の滞空女、女流闘士姜周龍会見記？見出しがまず傑作だ。記事を読むほどに達憲は口をあんぐりする。しまいにはげらげら笑ってしまう達憲である。

姜周龍。朝鮮初の滞空籠城を繰り広げた労働活動家。あなたを見出した我が目に間違いはなかった。そんな誇らしさで達憲は胸が熱くなるのを感じる。

あとの切り抜きも似たような内容の新聞記事だ。滞空女・姜周龍闘争記、乙密台の屋根の上で幾時間か座り込んで梃子でも動かぬ構えでいた周龍を、日本の警察が下に網を張って突き落としたこと。そのまま逮捕されて拘留され、三日間にわたって獄中でも断食を貫き、賃金引き下げの撤回を訴えたこと。

だから言ったろう。あなたは闘うために生まれてきた人だと。実に素晴らしい闘士だと。達憲は微笑みを浮かべる。感極まって目頭が熱くなる。

放免された直後に工場に舞い戻り、新入りの職工を採用して乗せてくる通勤バスの前に身を横たえてまたぞろ示威活動を繰り広げたこと。ついに社長を直接交渉の場に引きずり出して賃金引き下げ撤回の言質を取ったものの、ストライキ参加者全員の復職は叶わず、当の周龍は工場に戻れなかったこと。

さらに記事を読み進めていくうちに、達憲は胸が熱くなったり肝を冷やしたりを繰り返す。

鉄が焼き入れの過程で極度に熱せられたり冷やされたりするように。だが人間ゆえに、人間の精神ゆえに、達憲の心は鋼《はがね》のごとく鍛えられはしない。

半分以上の勝利を引き出して締め括られた交渉の直後、周龍はとうとう赤色労働組合へのかかわりが明るみに出て投獄される。獄舎でも断続的に断食を繰り返して獄中闘争を繰り広げた末、一年後に病気保釈により出所する。

最後の記事は周龍の死亡を扱っている。

達憲は立ち上がる。握り拳で壁を叩いて絶叫する。同じ房に囚われている者たちの制止も意に介さず、身を捩《よじ》って喚き散らす。ことは殴り合いにまで発展して達憲は懲罰のため独房に入れられる。

あたしたちは四九人の我がストライキ団の賃金引き下げなどたいしたことだと思っていません。これがやがてピヤン二三〇〇人のゴム職工全体の賃金引き下げを招くおおもとになるから、だからあたしたちは死を覚悟して闘っているのです。

二三〇〇人の我が同志の肉が削がれぬようにするために、あたしのこの身ひとつ死ぬことなど惜しいでしょうか。あたしの学んだことでいちばんの知識は、大衆のために命を捧ぐることほどの誉れなし、ということです。ゆえにあたしは死を覚悟してこの屋根の上に立ったのです。

平元《ピョンウォン》ゴム工場の社長がここに来て賃金引き下げを取り消す前に、この足で降りることはありません。最後まで賃金引き下げを取り消さぬなら、あたしはただ資本家の圧制に呻吟する労働大衆を代表して死ぬことを誉れと思うのみです。

ゆえに皆さん、あたしをこっから無理やり引きずり下ろそうなど、ゆめお考えくださいますな。誰であれこの屋根に梯子を架けようものなら、あたし、たちどころに身を投げて死ぬでしょう。


独房で達憲は、擦り減るほどに諳《そら》んじるほどに周龍の屋根の上の演説の記事を読む。滾《たぎ》り沸く苦悩の淵源はとうてい突き止められない。同志を失った悲しみ。赤色労働組合にかかわっていなければ周龍はまだ生き長らえていたかもしれないという自責の念。周龍がひとりこの厳しい闘いを率いて進むあいだ何ひとつ手を貸せなかった無力感。ただ済まぬ、済まぬという思い。

達憲は死亡記事から始めて逆戻りしながらまた記事を読む。幾度となくそれを繰り返す。それらすべてを目の当たりにしたかのごとく錯覚するまで読み、また読む。

死んだ周龍が二月《ふたつき》病床に臥せってから病院に行く。生涯で最初にして最後の病院で周龍は消化不良および神経衰弱と診断される。病院を後ろ歩きで出て監獄に行く。一年遡って工場の社長と交渉をし、通勤バスの前に横たわってストライキ団の復職を要求し、断食をするために拘置所に入ると後ろ歩きで出てくる。綱に弾んで飛び上がり、乙密台の屋根に座り込む。

陽が東へと傾き、周龍は晒しを伝って乙密台の楼閣から降りる。達憲は閉じた目から熱い涙を流しつつ、その光景を見守る。

そこからまたすべてが始まる。

月光が白い晒しを舐めていく。その光り輝く筋を伝って屋根に登ろうとする周龍は、さながら仙女のようだ。達憲はその美しい光景を損うのではないかとしばしためらうが、勇気を振り絞って声をかける。登らないでくれたまえ。そこに登ったら死ぬことになります。

周龍は答える。わかっていると。

達憲は自分の頭の中ですら言うことを聞かないその女をなすすべなく見つめる。天に昇る道のごとく光り輝く晒しを周龍はしっかりと掴む。そのくせ恐くて必死の形相をしながら。そのくせ生きたくて、誰よりも生きたくてめらめらと燃え盛りながら。

屋根の上でまどろむその女に向かって誰かが叫ぶ。

あそこに人がいる。

◉後注

1　本来は朝中国境の白頭山《ペットゥサン》（中国側の呼称は長白山）を分水嶺として東に流れる豆満江《トゥマンガン》（中国側の呼称は図們江）の中州の朝鮮人居住地域のことだったが、豆満江以北までその概念が広がり、さらに広く旧南満州全体の朝鮮人居住地域を漠然と指す場合もある。豆満江以北は北間島《プッカンド》ということもあり、白頭山から西に流れる鴨緑江《アムノッカン》以北を西間島《ソガンド》という。

2　現・中華人民共和国吉林省通化市にあり、南側で朝中国境の集安市と接する。中国の地名だが、本書では当時居住していた朝鮮人の立場から朝鮮語の発音に従ってルビを振ることとする。

3　現・朝鮮民主主義人民共和国慈江《チャガン》道の道庁所在地で、約三五キロメートル北西に朝中国境があり、そのまま進めばさらに約七〇キロメートルで通化県に至る。

4　旧韓末から日本統治期の政治家（一八五六〜一九二六）。一九〇五年の第二次日韓協約調印を推進し、一九一〇年の韓国併合条約の際には大韓帝国首相として調印した。

5　いずれも間島《カンド》の集落で、青山里は和龍県（現・中華人民共和国吉林省延辺朝鮮族自治州和竜市）、鳳梧洞は汪清県（現・同汪清県）にある。青山里では一九二〇年一〇月、鳳梧洞では一九二〇年六月に間島の独立軍討伐に出兵した日本軍と朝鮮人独立運動の武装組織らが戦闘を繰り広げ、日本軍は一時撤退した。双方の被害状況については日韓の主張に大きな開きがある。青山里の戦いは『一松亭の青松は』（一九八三、李長鎬《イジャンホ》監督）、鳳梧洞の戦いは『鳳梧洞の戦闘』（二〇一九、元信延《ウォンシニョン》監督）

として映画化されている。ルビは朝鮮語の発音に従った。

6　現・中華人民共和国遼寧省本渓市桓仁満族自治県。通化県の南西に隣接する。ルビは朝鮮語の発音に従った。

7　本名蔡燦《チェチャン》、植民地期に旧満州で活動した独立運動家（生年不詳～一九二四）。満州で多くの朝鮮独立運動家を輩出した新興《シヌン》武官学校を卒業して活躍、大韓統義府第一中隊長、上海臨時政府陸軍駐満参議府参議長などを務めた。

8　大韓統義府の略。南満州地域で活動していた複数の独立運動団体が一九二二年にに統合して結成された武装組織。路線をめぐる内部対立から脱退したグループとの抗争が激化し、一九二四年に上海臨時政府陸軍駐満参議府へと改編された。

9　現・中華人民共和国吉林省通化市柳河県。通化県の北に隣接する。ルビは朝鮮語の発音に従った。

10　ここでは黄海《ファンヘ》道を指す。現・朝鮮民主主義人民共和国黄海北道および黄海南道に当たり、島嶼の一部は現・大韓民国仁川《インチョン》広域市の管轄に入る。その名のとおり西は黄海に面し、南は現・大韓民国京畿《キョンギ》道と境を接している。日本統治期、道庁は現・黄海南道の海州《ヘジュ》に置かれた。

11　脚の様式で区分した銘々膳の一種。かつて食事は銘々膳を用いるのが一般的で、その様式は形式、格式、地方などによって分類される。漢字表記の名称は狗足盤で、脚がS字型を描いて外に反り返る虎足盤に対し、C字型に外に膨らんで先端が内向きに屈曲する。

12　現・朝鮮民主主義人民共和国黄海《ファンヘ》北道の道庁所在地で、平壌《ピョンヤン》の南約五五キロメートル。古くからの街道筋にあったうえ、一九〇六年に京城—平壌—新義州《シニジュ》を結ぶ京義《キョンイ》線（現在、朝鮮民主主義人民共和国内では平壌—新義州を平義《ピョンイ》線、平壌以南は平釜《ピョンブ》線と分けており、沙里院は平釜線）の駅（現・沙里院青年駅）が置かれて栄えた。

13　モダンガールの略。明治維新とともに上流階級に浸透した西洋の文物は、一九二〇年代の好景気や大正デモクラシーを経て都市の若い世代に拡散し、女性には和装から洋装へ、家庭婦人から職業婦人へという生き方の変化をもたらした。このモダニズムの風潮は日本統治下の朝鮮にも流入したが、世界恐慌や軍国主義の伸長で一九三〇年代には萎縮した。男性はモダンボーイで略称はモボ。

14　親しい間柄での呼称は、そのまま名を呼ぶこともあるが、名の一字の子音の後ろに〔i〕を添えて連音化させて呼ぶことが多い。ここは例外的に洪《ホン》という姓の後ろに〔i〕を添えて呼称としている。本作品では周龍《ジュリョン》がリョンイ、三女《サムニョ》がサミと呼ばれる。後出のオギ、トギは呼称しか書かれていないが名の一字がそれぞれ玉《オク》、徳《トク》であると推定される。

15　伝統的な履物シンをゴム製にしたもの。一九一九年に初のゴム工場が設立され、ゴム製の履物が登場すると、従来品に比べて耐久性、防水性に優れたゴムシンは人気を呼び、工場が続々と設立された。一九六〇年代以降は生活の西洋化に伴って需要が減少するが、現在でも作務衣や伝統衣装を着用したときの履物として愛用されている。

16　朝鮮民主主義人民共和国中央部の山岳地帯から平壌《ピョンヤン》の中心部を流れて第二の都市南浦《ナンポ》から黄海に注ぐ大河。総延長約四五〇キロメートル。

17　朝鮮初のソプラノ歌手として人気を博した声楽家、俳優（一八九七～一九二六）。官費留学生として青山学院を経て東京音楽学校を初の朝鮮人留学生として卒業。早稲田大学に留学中だった妻子ある劇作家金祐鎭《キムウジン》と出会い、曲折を経て下関から釜山に向かう連絡船から飛び降りて心中する。

18　曲はイヴァノヴィチ「ドナウ川の漣《さざなみ》」。一九九一年には尹心悳《ユンシムドク》と金祐鎭《キムウジン》の逸話をもとに同名の映画が制作された（金鎬善《キムホソン》監督）。

19　小説家李光洙《イグァンス》（一八九二～一九五〇）の号。現・朝鮮民主主義人民共和国の平安北道《ピョンアン》定州《チョンジュ》郡出身で日本に留学、明治学院、早稲田大学に学ぶ。一九一九年二月八日の在日留学生による独立宣言文の起草にかかわり、記者、作家として活動し高く評価されるも、後年は植民地政策の旗振り役となり、解放後批判にさらされた。朝鮮戦争のさなかに朝鮮人民軍に拉致され、まもなく病死したとされる。代表作『無情』は邦訳あり（波田野節子訳、平凡社ライブラリー）。

20　高等普通学校の略。日本統治期に三次に渡って公布された朝鮮教育令に基づいて設置・廃止された朝鮮人向けの中等教育機関で、一二歳以上の男子を対象に教育を行った。ここでは第二次朝鮮教育令（一九二二）に基づく一二歳以上の女子を対象とした修業年限五年の女子高等普通学校を指す。第三次朝鮮教育令（一九三八）で高等普通学校、女子高等普通学校ともに廃止された。

21　「インターナショナル」の朝鮮民主主義人民共和国における歌詞。韓国における同じ箇所の歌詞は「目覚めよ労働軍隊軛《くびき》を打ち捨てよ／正義は迸《ほとばし》りて勇みて燃えん／呪われし大地に天地拓かば／古き鎖吾等を留《とど》む能《あた》わず」。

22　日本統治期から解放後に活動した社会主義運動家（一八九七～没年不詳）。朝鮮共産党の推薦を受けてモスクワの東方勤労者共産大学に留学、帰国後は労働運動と検挙服役を繰り返す。解放に伴って出獄し朝鮮労働党で活動するも、地方の人民委員会委員長職へと左遷されて表舞台を去った。

23　アレクサンドラ・ミハイロヴナ・コロンタイ。ロシアの革命家、ソ連の政治家、外交官（一八七二～一九五二）。一九一九年、ソビエト政権でヨーロッパ初の女性閣僚を務めるも、スターリン政権下では外交官として派遣され中央政界での影響力を失った。

24　朝鮮民主主義人民共和国第三の人口を擁し東海岸最大の都市、咸鏡南道《ハムギョンナムド》の道庁所在地。朝鮮の太祖李成桂《イソンゲ》が退位後五年ほど過ごしたゆかりの地でもある。平壌と並ぶ冷麺の本場としても有名。

25　現・朝鮮民主主義人民共和国咸鏡《ハムギョン》南道咸興《ハムン》市興南《フンナム》区域。咸興市の南部にあり、日本統治時代に工業都市として発展した。映画『国際市場で逢いましょう』（二〇一四、尹齊均《ユンジェギュン》監督）に描かれた朝鮮戦争の際の将兵、市民らの命からがらの脱出劇、興南撤収作戦が繰り広げられた地でもある。

26　朝鮮窒素肥料株式会社。日本窒素肥料株式会社（後のチッソ、現ＪＮＣ）が一九二七年に設立。日本の大陸進出の橋頭堡として一九三〇年代には興南《フンナム》地域に複数企業を擁する従業員数四万五〇〇〇人のコンツェルンへと成長、興南工場は世界最大規模の化学コンビナートだった。

27　以下、続きは「インターナショナルに集いしゆえ／これぞ納めの天王山ぞ／インターナショナルに集いしゆえ」。韓国版のリフレイン部分は「聞け最終決戦その鬨《とき》の声／民衆よ解放の旗のもと／歴史の主役勝利のために／インターナショナル旗のもと前進前進」。

解説

「滞空女・姜周龍」と高所占拠闘争＝高空籠城の後裔たち

歴史学研究所研究員　パク・チュンソン（朴準成）

1894年の東学農民革命（甲午農民戦争）で農民たちの目指した夢は、「飯が天」、「人が天」というスローガンが象徴するように「飯と人が中心の世の中」だった。食べることと生きることへの憂いなく、差別されずに人間らしく暮らせる平等な社会への夢は、その後の韓国近現代史において一貫して労働者民衆の念願だった。

すべての生きものにとって何より重要なのは生存である。人間も同じだ。だから人間本然の権利、人権でも生存権が核となる。朝鮮の歴史に賃金労働者が登場したのは18世紀以降の朝鮮時代後期のこと。1900年前後には港湾労働者を中心に労働組合が結成され、植民地期に本格化した労働運動の基底にはつねに労働者の生存権と暮らしの要求があった。労働者の闘いは歴史を動かすエネルギーとなり、社会に影響を及ぼした。

1931年に平壌《ピョンヤン》は乙密台《ウルミルテ》の屋根に登り、朝鮮の労働運動史上はじめて「高空籠城」と呼ばれる高所での占拠闘争を繰り広げた女性労働者・姜周龍《カンジュリョン》の訴えからも、そんな事情がうかがえる。本書『滞空女　屋根の上のモダンガール』にもそれは生き生きと描かれている。

1931年5月、平壌の平元《ピョンウォン》ゴム工場は労働者に対し賃金削減を一方的に通告した。同じ時間働いても日本人男性労働者の4分の1、朝鮮人男性労働者に比べても2分の1にも満たない賃金だった。5月28日、ストを始めて12日を経ても会社は賃金削減撤回の要求を聞き入れようとしなかった。労働者は飢えて死ぬことを以て闘うべしと「餓死同盟」を決議し、ハンストに突入する。社長は49人の労働者全員を解雇すると脅し、深夜に日本の警察を動員して工場内に立てこもる労働者を強制排除した。勤続年数も長く組合の幹部でもあった姜周龍は晒しを買って乙密台を訪れた。当初はそれで首を括って工場の横暴や自分たちの闘いを人々に伝えようと思ったが、労働者を団結へと導き、闘いを広く知らしめようと思い立ち、晒しを使って屋根の上に登り、そこで演説をしたのだ。姜周龍は闘いの目的をこう語っている。

あたしたちは四九人の我がストライキ団の賃金引き下げなどたいしたことだと思っていません。これがやがてピヤン二三〇〇人のゴム職工全体の賃金引き下げを招くおおもとになるから、だからあたしたちは死を覚悟して闘っているのです。二三〇〇人の我が同志の肉が削がれぬようにするために、あたしのこの身ひとつ死ぬことなど惜しいでしょうか。

平元ゴム工場のストライキは、会社の一方的な賃金削減に対抗して生存権を守るための闘いから始まった。だが自分たちだけの闘いに留まらず、平壌の2300人のゴム製靴工場の労働者にも影響を及ぼす闘いとなったのだ。姜周龍の乙密台での占拠闘争とそれに続く闘いが功を奏し、平元ゴム工場の労働者は要求どおり賃金削減を阻止した。しかしその後、姜周龍は平壌革命的労働組合とのかかわりが発覚して逮捕された。妥協なき獄中闘争の末、極度の神経衰弱と消化不良のため1年で病気保釈となり出所。しばし回復の兆しを見せるも、ふたたび体調は悪化。だが本人にも仲間たちにも治療費や入院費の当てはなく、2か月あまりの闘病ののち、1932年8月13日、平壌市西城里《ソソンニ》の貧民街で31年の生涯を閉じた。

姜周龍はその短い生涯を時代に抗い信念を曲げずまっすぐに生き、労働者大衆の利害を代弁して先頭に立って闘った。その意志と精神は、差し迫った状況のなかで命懸けの高所占拠闘争を展開する労働者にとって歴史の裏付けであり、未来への希望として繰り返し息を吹き返す。

過酷な植民地期にあっても屈せずに連帯して闘った経験は、解放後の1945年11月、労働者の全国組織である朝鮮労働組合全国評議会結成の礎となった。南北分断と朝鮮戦争、そして独裁政権の弾圧で萎縮していた労働運動は、1970年11月13日の全泰壱《チョンテイル》烈士[1]の焼身を機に民主労組運動として広まった。

1980年5月の光州《クァンジュ》市民の民主化への熱い思いを踏みにじって権力を掌握した全斗煥《チョンドゥファン》政権は、労働組合を徹底して弾圧した。その中、命懸けで撒かれた民主労組運動の種は、1987年の6月抗争後に労働者大闘争として芽吹いた。7月から9月の3か月足らずで

3300件以上の争議が発生し、労働者を蔑む「工乭《コンドリ》」、「工順《コンスニ2》」という俗称が韓国社会から引き潮のごとく消えていく分水嶺になった。それまで憚られていた作業着姿での街歩きも、さほど気にしなくてすむくらいには社会の雰囲気も変わった。同年だけでも1000以上の民主的な労組が結成された。

だが防戦を強いられた財界とその利益を擁護する政権は、労働運動への攻勢を強めた。1990年1月に結成された全国労働組合協議会と大手工場の労組とが連携することを阻止したいという思惑もあった。その対抗手段として大手工場の労働者の手で姜周龍の「高空籠城」戦術が「復活」した。蔚山《ウルサン》市の現代《ヒョンデ》重工業労組の70人あまりが弾圧に立ち向かって1990年4月25日から5月7日までの13日間、高さ82メートルのゴライアスクレーン上で占拠闘争に取り組んだ。翌1991年2月7日からは巨済《コジェ》島の大宇《テウ》造船労組の50人が造船所の104メートルのゴライアスクレーンに登り、組合活動を理由とした懲戒、解雇の撤回を求めて1週間闘った。

1998年のアジア通貨危機を経て2000年代になると政財界の新自由主義攻勢はさらに強化された。1987年の6月抗争以降に拡大した形式上の民主主義では「労働」の諸課題は放置され、「民主政権」の時期でさえ権力はなお資本の肩を持った。リストラが常となり、非正規雇用が広がった。これまでの高所占拠闘争は100回をゆうに超えている。数日、数か月どころかときには年単位に及ぶ長期闘争も相次いだ。崖っぷちに追い込まれた労働者は煙突、鉄塔、広告塔、タワークレーン、高層ビルの屋上といった「天に近い場所」を選び、命懸けの闘いに取り組んだ。なかには地を踏むこと叶わず、高所で死を選んだ者もいる。２００３年６月11日から10月17日まで、釜山《プサン》市の韓進《ハンジン》重工業のキム・ジュイク分会長は35メートルの85号クレーンで整理解雇と損害賠償仮差押えの撤回を求めて１２９日間の高所占拠闘争を闘った。遺書を３回も書いては破り、生きて降り立つべく踏ん張ったが、結局は自決を選んだ。２０１１年１月６日から11月10日まで、韓進重工業を解雇された労働者キム・ジンスク[3]は、キム・ジュイクが命を絶った85号クレーンでリストラの中止を求めて３０９日間、占拠闘争を続けた。キム・ジンスクの闘いは多くの市民の共感を呼び、「希望のバス」という支持と連帯の新たな運動の文化を生んだ。

まれに見る長期の高所占拠闘争の末に得た成果なのに、資本がその約束を反故にしたことでさらに長期の闘いへと引き継がれた例もある。スターケミカルの被解雇者復職闘争委員会チャ・グァンホ代表は、４０８日間を煙突の上で頑張った。同社は２０１５年にファインテックという会社に身売りされ、雇用・労組・労働協約の承継を条件に労使合意がなされた。だが合意は履行されず、労働者パク・チュノとホン・ギタクが２０１７年11月にふたたび煙突に登った。この煙突上での闘いはチャ・グァンホの４０８日を抜いて４２６日間も続いた。同じころ全州《チョンジュ》市のタクシー労働者キム・ジェジュは全州市庁舎前の照明塔で５１０日にも及ぶ高所占拠闘争を繰り広げた。

2020年2月には嶺南《ヨンナム》大学医療院の労組破壊に対抗して14年間にわたって闘いつづけた保健医療労組のパク・ムンジン指導委員が、被解雇者の新規採用と組合活動の自由の保障という成果を手に227日ぶりに地上に降り立った。産別労組と地域労組の組織的なサポートと、連帯する人々の応援が支えとなった。

高所占拠闘争は絶望的な状況で自暴自棄にならずに希望を見出そうとする命懸けの闘いだ。支持と連帯なくして希望を実現することはできない。

韓国には古くから人々の願いを天に届けるシンボル「ソッテ」を立てる伝統がある。長い竹竿の先に据えられた素朴な鳥はメッセンジャーだ。「高空籠城」は願いを天に届ける竿の先の鳥にも似る。また、虎に追われた幼い兄妹が祈ると天から綱が降ろされ、それを伝って天に昇り、月と太陽になったという昔話がある。

高所占拠闘争もまた生きようと天を目指す闘いだ。今ここで戴く天とは、1894年の東学の農民たちの願いでもあった「飯」であり「人」だ。高所占拠闘争は天＝人に訴える行為、そして救いの綱は天＝人が送り届けてくれる。まさに「飯と人が中心の世の中」こそ人を救う道なのだ。

今も昔も労働者の闘いは正当なものであり、自らの利益のために始めたとしても、そこに留まらないその闘いは希望を生む力だ。100年以上の労働運動史の教える大事な「真実」である。

時間と空間の中で営まれる歴史の主体の行為のうち、歴史を動かすもっとも重要なエネルギーは何か。社会に属する人々にとって必要な「あるべきものを生み出す」労働と、「あってはならないものをなくす」運動こそが歴史を進めていく両輪だ。労働と労働運動の歴史を記憶することは、労働と労働者の闘いが正当かつ人間らしい暮らしを目指す行為であり、歴史と足並みを揃えて進む道を求めていいという希望を学ぶことだ。

長いスパンで歴史を眺めれば、古代社会における奴隷解放の過程が歴史の必然であり、中世社会における農奴解放の過程が歴史の必然であったように、近代資本主義社会においては労働解放の過程が歴史の必然なのだ。奴隷や農奴の解放闘争が正当かつ人間らしい暮らしを目指す行為だったように、労働解放の闘いも正当かつ人間らしい暮らしを目指す行為だ。あってはならないものをなくし、あるべきものを生み出す破壊と創造、労働と運動とによって人間が人間を抑圧し搾取、差別する社会に決別し、誰もが就きたい仕事に就き、その仕事で社会に貢献し、生計の心配なく心身ともにすこやかに暮らせる社会、だれもが自由で、平等で、平和で、人間らしく暮らせる開かれた社会、そんな新たな社会共同体への夢と希望を追い求めねばならない。

◉解説注

1　労働運動家（1948〜1970）。ソウルの零細縫製工場の密集地・平和市場《ピョンファ》で働き、劣悪な環境で体調を崩す少女労働者が続出するのを見かねて独学で労働法を学び、労働庁に改善を訴えるも聞き入れられず、最後の手段として焼身を選び「勤労基準法を守れ、我われは機械ではない」と訴えた。焼身場所にほど近いソウル市鍾路《チョンノ》五街の清渓川《チョンゲチョン》に架かる橋に銅像が立ち、そこから1・6キロメートル西には2019年に記念館がオープンした。その生涯は趙英来《チョヨンネ》著『全泰壹評伝』（大塚厚子他訳、柘植書房新社）としてまとめられ、同書をもとに映画化された『美しき青年　全泰壱』（1995、朴光洙《パククァンス》監督）がある。また、没後50周年の2020年にはアニメーション映画『テイリ』（2020、ホン・ジュンピョ監督）が公開される。

2　工場の「工」に男女それぞれの庶民の名の代表格とされる「乭《トル》」、「順《スン》」をつけ、本文後注14に記した〔i〕を添えて呼称としたもの。工場労働者の人格を捨象して十把一絡げにとらえる蔑称である。

3　全国民主労働組合総連盟釜山地域本部指導委員（1960〜　）。その思想と生のありようはエッセイ・スピーチ集『塩花の木』（裵姈美他訳、耕文社）にまとめられ、邦訳にはクレーン占拠闘争前後の状況とクレーン上からSNSで発信された日誌の一部も収録されている。

日本の読者のみなさんへ

みなさんに姜周龍《カンジュリョン》をご紹介できて嬉しく思います。

韓国の読者にはじめて私のことを知ってもらう機会を与えてくれた小説で、日本の読者のみなさんにもご挨拶できることに感謝しています。

歴史への造詣のさして深くない私は、2011年に「キム・ジンスクさんの韓進《ハンジン》重工業85号クレーン占拠闘争」の際に姜周龍という人物にはじめて出逢いました。韓進重工業という大手企業の整理解雇に抗して闘ったキム・ジンスクさんは、韓国現代史でもまれに見る長期の高所占拠闘争を繰り広げた女性で、それに呼応するかたちでいくつかのメディアに朝鮮初の高所占拠戦術で闘った人物、姜周龍を紹介した記事が載ったからです。記事に短く書かれた姜周龍の生涯は、「こんな人物の物語ならもう小説になってるはず」と思えるほどドラマチックなものでした。

たいして名の知られていない小説家だった私ですが、姜周龍の物語を書いて韓国文学界でもたいへん重要な賞である「ハンギョレ文学賞」を受賞し、初の単行本を出版させていただきました。期待していたよりずっと多くの読者と出会い、私が執筆しながら涙したシーンはいずれも、読者のみなさんも泣きながら読んでくださったと知り、それまで知らなかったパワーをいただきました。だから実際に起きたことは、私が姜周龍の物語を発見して世に知らしめたのではなく、姜周龍が作家としての私を人々の前に紹介してくれたというほうが近いでしょう。こうして私が日本の読者のみなさんにお目にかかることができたのもまた姜周龍のおかげです。この感動は、短いご挨拶にはとても収めきれません。

姜周龍は私の人生を二度、変えてくれました。はじめて出逢ったときに私を変え、小説の主人公になってもう一度私を変えてくれました。この小説を書かねばと決意したとき、すでに私は姜周龍の生涯に強烈に惹きつけられていましたが、執筆中も姜周龍はさらに生き生きと私をとりこにしました。著者として私が歴史の中の姜周龍を呼び覚ましていくのではなく、小説の中の姜周龍が私を生かしてくれているような体験でした。日本の読者のみなさんもまたこの小説を読みながら、誰にも負けない闘志としたたかな生命力を持った姜周龍に後押しされているような体験ができるなら、著者としてこれ以上の望みはありません。

この小説を最後まで諦めずに日本の読者のみなさんに紹介してくださった訳者の萩原恵美さん、この小説の日本語版に向けて解説をお引き受けくださった歴史学者の朴準成《パクチュンソン》先生に深く感謝いたします。
そして私を小説家にしてくれた、私の主人公、姜周龍に。
ありがとうございます。

２０２０年７月　ソウルにて

パク・ソリョン（朴曙鑾）

乙密臺上의滯空女

女流鬪士 姜周龍 會見記

無號亭人

평양 名勝 乙密臺 屋上에 滯空女가 突現하엿다。平元고무직공의동맹파업이 이래서 더유명하여젓거니와 昨年中 勞働爭議의 新戰術을 보여준 日本煙突男과 比하야 好對照의 에피소드라 할것이다。(中略)

「우리는 四十九名 우리罷業團의 賃金減下를 크게 역이지는 않습니다。이것이 結局은 平壤의 二千三百名고무직공의 賃金減下의 原因이 될것임으로 우리는 죽기로써 反對하라는 것입니다。二千三百名 우리동무의 삶이 깍기지 않기 爲하야 내 한몸뚱이가 죽는 것은 아깝지 않습니다。내가 배와서 아는것 中에 大衆을 爲하야서는(中略)名譽스러운 일이라는것이 가장 큰 智識입니다。이래서 나는 죽음을 覺悟하고 이 집웅우에 올라 왓습니다。나는 平元고무社長이 이 앞에 와서 賃金減下의 宣言을 取消하기까지는 決코 내려가지 않겟습니다。끗까지 賃金減下를 取消치 않으면 나는 資本家의(中略)하는 勤勞大衆을 代表하야 죽음을 명예로 알뿐입니다。그러하고 여러분、구라여 나를 여기서(집웅)强制로 끄러내릴 생각은 마십시오、누구든지 이 집웅우에 사닥다리를 대놓기만하면 나는 곳 떠러저 죽을뿐입니다。」

이것은 姜周龍이 五月廿八 밤 十二時 乙密臺집웅우에서 밤을 밝히고 이튼날 새벽 散步왓다가 이 희한한 光景을 보고 몰려든 百餘名散步客앞에서 한 一場演說이다。이 演說을 보아서 滯空女 姜周龍의 階級意識의 水準을 엿볼수잇다。이女子는 어떤사람인가。어떤 生涯를 하며 어떠한 環境의 支配를 밧앗나? 이것이 編輯者로부터 내게 發한 命令이다。

六月七日。府外 船橋里 平元고무직공 파업단본부로 姜周龍女史를 訪問하엿다。유달리 眼光을 發하는 작은눈、매섭게 생긴 코、그리고 想像以上의 達辯은 첫 印象으로 수월치않은 女子라는 것이엇다。

그러나 그보다도 그의 過去 生涯가 몹는 나를 놀라게하엿다。오늘 그의 가진 意識과 男子以上의 活潑한 性格이 우연한 바가 아님을 알수잇다。이제 잠간 나는 붓을 돌리어 그의 입에서 나오는대로의 그와 過去 生涯의 獨白을 速記한다。

◇

나의 故鄕은 平北江界입니다。열네살까지는 집안이 걱정없이 지냇으나 아버지의 失敗로 家産을 탕진하야 내 나히 열네살적에 西間島로 갓습니다。거긔서 농사하면서 七年동안 살앗는데 스므살 나든 해에 通化縣에 잇는 崔全斌이라는 이에게 시집갓습니다。男便은 그때 겨우 十五세의 貴여운/도련님이엇습니다。나는 男便의 사랑을 받앗다기보다도 男便을 사랑하엿습니다。첫눈에 아조 貴여운사람 사랑스런 사람이라는 印象을 엇엇습니다。夫婦의 誼도 퍽 좋앗습니다。洞里가 다 부러워하엿답니다。

◇

시집간지 一年後부터 우리 夫婦의 生涯에는 큰 變動이

생겻습니다。그것은 男便이 ○○團首領 白狂雲(지금은 그이도 죽엇습니다) 氏의 第二中隊에 編入된 것입니다。勿論 나도 男便과같이 風餐露宿하며 ○○團을 따라다녓습니다。

六、七個月 ○○團을 따라다녓는데 나중에는 「거치정거려서 貴찬으니 집에가 잇으라」는 男便의 命令을 받고 나는 本家에 도라와 잇엇습니다。

男便이 白狂雲氏의 第二中隊에 編入된지 一年만이엇습니다。그때는 내가 本家에 도라온지 五、六個月後이엇는데 우리 本家에서 百餘里나 되는 村落에서 男便의 病이 危篤하다는 消息을 듣고 달려갓슬때는 벌서 늦엇습니다。손까락을 잘라서 피를 먹엿더니 좀 精神을 차렷섯으나 그날밤으로 죽엇습니다。밤에는 단지 나혼자 그를 간호하고 잇엇는데 暫間새에 숨이 끈허젓습니다。죽엇는지 살앗는지 몰라서 바늘로 살을 찔너보고야 아조 죽은줄 알앗스나 기위 죽은사람이라 屍身옆에서 한잠자고 이튿날아츰 病問安왓든 사람들의 손으로 무첫습니다。

◇

그리고 나는 시집으로 도라갓섯습니다。좀 참피한 이야기지만은 시집에서는 나를 의심하야 男便죽인년이라고 中國警察에 告發하야 一週日이나 가치웟서 고생햇습니다。하도 원통하고 또 돌봐주는이도 없서서 一주일을 꼽박굶엇습니다。(그런데 이번 사흘쯤 斷食이야 될지않아요?)

西間島서 歸國한 것은 내가 스물네살되든해엿습니다。처음에는 沙里院서 一年쯤 지냇는데 父母와 어린동생을 다리고 내가 밥버리를 하면서 아들노릇을 하엿습니다。그러다가 평양온것이 벌서 五年째

雑誌『東光』第23号（1931年7月）＊記事はB５判で3ページからなる。その1、2ページ部分を掲載。
なお記事中の写真は裏焼きになっている。記事の日本語全訳を次ページに掲載。

雑誌『東光』第二十三号（一九三一年七月）

乙密台上の滞空女　女流闘士姜周龍会見記

無号亭人

平壌の名勝・乙密台の屋根の上に滞空女が突如出現せり。平元ゴム工場の同盟罷業がかくも益々有名になり、昨年中に労働争議の新戦術を示せる日本の煙突男と比べ好対照のエピソードといえよう。（中略）

「我々四十九名の我ら罷業団の賃金減下を大きく思いません。これが結局は平壌の二千三百名ゴム職工の賃金減下の原因になるがゆえに我々は死を以て反対しようというのです。二千三百名の我が友の命が削がれぬ為に我が身ひとつ死ぬことは惜しくありません。私が学んで知ることの中で大衆の為には（中略）名誉だということがもっとも大きな智識です。それゆえ私は死を覚悟してこの屋根の上に登りました。私は平元ゴムの社長がこの前に来て賃金減下の宣言を取り消すまでは決して降りません。最後まで賃金減下を取り消さぬならば、私は資本家の（中略）する勤労大衆を代表して死を名誉と思うのみです。ゆえに皆さん、私をここ（屋根）から強制で引きずり下ろす考えなぞゆめお持ちくださるな。誰であれこの屋根の上に梯子を架けようものなら私はただちに落ちて死ぬばかりです」

これ姜周龍が五月廿八日夜十二時、乙密台の屋根の上で夜を明かし、翌日早朝に散歩に訪れこの稀なる光景を見て集まりし数百名の散歩客の前にて述べし一場の演説なり。この演説を見て滞空女姜周龍の階級意識の水準を窺い知ることができよう。この女史、如何なる人物なるや。如何なる生涯を送り如何なる環境の支配を受けしや。これ編集者から吾に下されし命令なり。

六月七日、府外船橋里の平元ゴム工場罷業団本部に姜周龍女史を訪問せり。ことのほか眼光を発せる小さき目、冷徹なる形状の鼻、さらに想像以上の達弁は、第一印象として侮れぬ女史というものなりし。

だが、それより彼の有する意識と男以上の活発なる性格は偶然の所産ならざること明白なり。ゆえに吾はしばし筆を翻し、彼の口から出て来たるまま彼の過去生涯の独白を速記せり。

私の故郷は平安北道江界です。十四歳までは家は心配なく過ごしましたが、父の失敗で家産を蕩尽し、齢十四のときに西間島に行きました。そこで農業をしつつ七年間暮らしましたが、二十歳になる年に通化県にある崔全斌という人の家に嫁ぎました。夫はそのときようやく十五歳のかわいい坊ちゃんでした。私は夫から愛されたというより夫を愛しました。一目でとてもかわいい人、愛しい人という印象を受けました。夫婦の誼もたいそう良きものでした。ご近所がみな羨みました。

嫁入りして一年後から私たち夫婦の生涯には大きな変動が生じました。それは夫が○○団首領白狂雲（今はその人も死にました）氏の第二中隊に編入されたことです。もちろん私も夫とともに風餐露宿しつつ○○団に従いました。

六、七箇月○○団に従いましたが、のちに「煩わしく面倒だから家に戻っていろ」と夫に命令されて私は本家に帰っていました。本家に戻ってから五、六箇月後でしたが、我が本家から百余里にもなる村落で夫が病で危篤だという消息を聞き、駆けつけたときはすでにだめでした。指を切って血を飲ませると少し意識を取り戻しましたが、その晩に亡くなりました。夜のうちはただ私ひとり彼を看護していましたが、しばらくのうちに息絶えました。生きているのか死んでいるのかわからず、針で肌を刺してみて、ようやく死んだとわかりましたが、すでに死んだ人だから遺体の傍らで一眠りし、翌朝見舞いに来た人たちの手で埋葬しました。

そして私は婚家に帰りました。少し恥ずかしい話ですが、私を疑って夫を殺した女だと中国の警察に告発され、一週間も囚われて苦労しました。あまりにも悔しく、また世話してくれる人もいないので一週間ずっと食事を摂りませんでした。（だから今度の三日くらい断食したって平気の平左でしょ）

西間島から帰国したのは私が二十四歳になる年でした。はじめは沙里院で一年くらい過ごしましたが、父母と幼い弟を養って私が稼ぎつつ息子の役目を果たしました。そのあと平壌に来たのがもう五年目になります。最初からゴム職工として稼ぎました。ゴム職工組合には去年の罷業の起きる直前に入会しました。

乙密台に登った話ですか。そりゃみんなご存知でしょう。五月廿九日の夜、私たちは戦術を変えて断食同盟を組織し、工場を死守することにして工場を占領しました。

けれど夜一時にもなる時分、工場主は警官に依頼して私たちを工場の外へ追い出しました。仲間たちが大声痛哭しながら追い出されたとき、私はいっそこの命を絶って世の中の人たちに平元工場の横暴を訴える気持ちを固めました。そこで私は工場から追い出されたその足で街で晒し一匹を買い求めて乙密台に登りました。でも「サクラ」の木の枝に晒しをかけて考えるに、私がこのまま死んだら若い寡婦がまた何やらしでかし、世に顔向けできぬゆえ死んだんだろうと誤解されるように思い、どうせなら乙密台の屋根の上に登り、朝になって人々が集まったら思う存分平元工場の横暴を訴えてから思い切りよく死のうと気が変わりました。

ところが乙密台の屋根の上に登る方法に困りました。工夫の末に晒しの片方の端に輪を作って屋根の梁に引っかけようと苦労しましたが、失敗しました。最後の妙策に私は成功しました。晒しの一方の端に重い石を括りつけて屋根の向こうに渡し、引っ張ってみましたが大丈夫でした。それではじめは紐にぶら下がって「ぶらんこ」をして安全を試験してから、この紐を伝って屋根の上に登りました。

それがおそらく深夜二時にはなっていたはずです。四方は静かで妓生を連れて散歩する輩を二組も見ました。まだ夜が明けるにはかかるので晒しを手繰り上げて身を隠し、一眠りしました。夜が白みはじめたころ、私が騒がしい人声に驚いたときにはすでに（中略）

彼はすでに一介の労働者にあらず、四十九名の労働者を率いて闘争の先頭に立つ「リーダー」の一人なり。（後略）

原著者：パク・ソリョン（朴曙變）

韓国江原道（カンウォンド）鉄原（チョルォン）で生まれる。

2015 年、短編「ミッキーマウス・クラブ」で『実践文学』新人賞を受賞してデビュー。

著書に長編小説『滞空女姜周龍』、『マルタの仕事』がある。

文学プラットフォーム「ダンジョン」（https://www.d5nz5n.com）の運営に携わる。

「暗黒の韓国文学カウンシル」のメンバー。

主として同時代の女性たちの現実に関心を寄せた作品を書く。

邦訳者：萩原 恵美
韓国に語学留学後、韓国企業勤務を経て翻訳業に従事。
1998 年から現代語学塾講師（～現在）、2004 年から東京外語専門学校通訳翻訳科日韓コース講師（～現在）。訳書に『殴り殺される覚悟で書いた親日宣言』（チョ・ヨンナム著、2005、ランダムハウス講談社）、『ボクの韓国現代史　1959-2014』（ユ・シミン著、2016、三一書房）、『韓国 古い町の路地を歩く』（ハン・ピルォン著、2018、三一書房）など。

滞空女　屋根の上のモダンガール

2020 年 9 月 15 日　　第 1 版 第 1 刷発行

著　者―― パク・ソリョン © 2018 年
訳　者―― 萩原 恵美 © 2020 年
発行者―― 小番 伊佐夫
装　丁―― 桂川 潤
印刷製本― 中央精版印刷株式会社
発行所―― 株式会社 三一書房
〒 101-0051
東京都千代田区神田神保町 3 − 1 − 6
☎ 03-6268-9714
振替 00190-3-708251
Mail: info@31shobo.com
URL: https://31shobo.com/

ISBN978-4-380-20005-2　C0097　　Printed in Japan

ソウル1964年冬

―金承鈺短編集―

キム・スンオク著　青柳優子訳

四六判ハードカバー　ISBN978-4-380-15003-6

本邦初刊行。金承鈺自選短編集。

朝鮮戦争停戦後李承晩大統領が権力を掌握し続ける中、1960年にはそれまでの政治の腐敗に憤って立ち上がった学生によって4・19学生革命が大統領の下野というかたちで成功する。しかし、翌年5月には軍事クーデターが起きて軍事独裁政権に。政権に批判的な人士はスパイ・容共主義者の烙印が押されて連行され、過酷な尋問に苦しめられることも多々あった。厳しい軍事独裁政権を生きぬいた秘かな芸術的抵抗としての代表作『ソウル1964年冬』。これこそ、金承鈺文学の特徴であり特筆すべきものである。初訳の6作と新訳の3作を収める。

ひとり

キム・スム著　岡裕美訳

四六判ソフトカバー　ISBN978-4-380-18007-1

韓国で現代文学賞、大山文学賞、李箱文学賞を受賞した作家、キム・スムの長編小説。

歴史の名のもとに破壊され、打ちのめされた、終わることのない日本軍慰安婦の痛み。その最後の「ひとり」から小説は始まる……慰安婦は被害当事者にとってはもちろん、韓国女性の歴史においても最も痛ましく理不尽な、そして恥辱のトラウマだろう。プリーモ・レーヴィは「トラウマに対する記憶はそれ自体がトラウマ」だと述べた。

1991年8月14日、金學順ハルモニの公の場での証言を皮切りに、被害者の方々の証言は現在まで続いている。その証言がなければ、私はこの小説を書けなかっただろう。……（著者のことばより）

別れの谷

―消えゆくこの地のすべての簡易駅へ―

イム・チョル著　朴垠貞、小長井涼共訳

四六判ソフトカバー　978-4-380-18008-8

「わたしのことを記憶しつづけていてください」

夢から覚めたとき、それは見捨てられた駅が話しかけてきたのだと思った。この小説はそんなふうにして生まれた。だから、二人の男、それから二人の女をめぐるエピソードより成るこの小説の本当の主人公はあの簡易駅なのだ。

「別れの谷」という悲しき名を背負ってそこに生まれた駅は、もはや皆からは忘れられ、跡すら残すことなく、ひとり消え去ろうとしている……（作者のことばより）

韓国 古い町の路地を歩く

ハン・ピルォン著　萩原恵美訳

建築家である著者は、韓国の伝統家屋・集落に魅かれてやまない。
著者の心をとらえて離さない韓国の古い9つの街並みをめぐる。

Ａ５変型判　装丁：桂川潤　ISBN978-4-380-18001-9

密陽（ミリャン）、統営（トンヨン）、安東（アンドン）、春川（チュンチョン）、安城（アンソン）、江景（カンギョン）、忠州（チュンジュ）、全州（チョンジュ）、羅州（ナジュ）の物語だ。それぞれの町の歴史はもとより、都市空間の変化のプロセスと文化的背景や風土をひもといていく。歴史ある町であること、中心部は歩いて一巡りできるくらいの小規模な町であること、そして現代都市としての魅力とポテンシャルを有する町であること、という著者の３つの基準にかなったこれらの町では、共同体の暮らしが途絶え、個人の利益ばかりが優先される現代の大都市ではお目にかかれないような、人間味あふれる豊かな空間に出会えるはずだ。

ボクの韓国現代史 1959-2014

ユ・シミン著　萩原恵美訳

文在寅とともに盧武鉉政権を支え、今も若者を中心に絶大な人気を誇る論客が書下ろした書。

四六判　装丁：野本卓司　ISBN978-4-380-15009-8

同時代を息を切らしつつ駆け足で生きてきたすべての友へ

「現代史を語る際にはリスクが伴う……人生において安全であることはきわめて大事だ。だが引き受けるだけの価値のあるリスクをあえて取る人生もそう悪くはないと思っている。僕はそんな思いを胸に僕自身が目の当たりにし、経験し、かかわった韓国現代史を書いた。一九五九年から二〇一四年までの五五年間を扱ったから、『現代史』というより『現在史』または『当代史』というほうが適当な表現かもしれない。冷静な観察者ではなく苦悩する当事者として僕らの世代の生きた歴史を振り返った。ないものをでっちあげたり事実を捻じ曲げたりする権利は誰にもない。だが意味があると考える事実を選んで妥当だと思える因果関係や相関関係でくくって解釈する権利は万人に与えられている。僕はその権利を精一杯の思いをこめて行使した」（「はじめに」より）